용을 삼킨

검

12

사도연 신무협 장편소설

ORIENTAL FANTASY STORY & ADVENTURE

dream
books
드림북스

용을 삼킨 검 12 일결(一缺)

초판 1쇄 인쇄 / 2016년 2월 17일
초판 1쇄 발행 / 2016년 2월 29일

지은이 / 사도연

발행인 / 오영배
책임편집 / 편집부
펴낸 곳 / (주)삼양출판사 · 드림북스

주소 / 서울시 강북구 도봉로 173
대표 전화 / 02-980-2112 팩스 / 02-983-0660
편집부 전화 / 02-980-2116 팩스 / 02-983-8201
블로그 / blog.naver.com/dreambookss

등록번호 / 제9-00046호
등록일자 / 1999년 3월 11일

ⓒ 사도연, 2016

값 8,000원

ISBN 979-11-313-0486-0 (04810) / 979-11-313-0111-1 (세트)

* 지은이와 협의하에 인지는 생략합니다.
* 잘못된 책은 구입한 곳에서 바꾸어 드립니다.

* 이 도서의 국립중앙도서관 출판시도서목록(CIP)은 서지정보유통지원시스템홈페이지(http://seoji.nl.go.kr)와
  국가자료공동목록시스템(http://www.nl.go.kr/kolisnet)에서 이용하실 수 있습니다. (CIP제어번호: 2016003823)

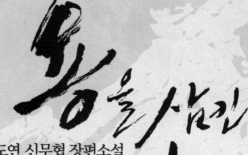

사도연 신무협 장편소설

ORIENTAL FANTASY STORY & ADVENTURE

일결(一缺)

dream
books
드림북스

목차

第一章

신의 뜻

"이게…… 도대체 무슨 짓이냐!"

회주는 인상을 굳히며 절벽 위를 향해 으르렁거렸다.

까마득한 높이여서 들릴까 싶었지만, 그 속에 담긴 공력은 대단해 위에 있는 이들은 물론 주변에 있던 모든 무사들의 귀에까지 속속들이 박혔다.

무성은 어쩌면 이 사람이 이유명과 함께 무신련을 습격했더라면 지금 무신련은 이 자리에 없었을지도 모른다는 생각이 강하게 들었다.

'이렇게 강하면서 어째서 여태 모습을 비치지 않았던 거지?'

이유명에게 천마혼을 넘기지 않고 자신이 계속 습득을 했더라면 지금쯤 야별성은 뜻하던 바를 이뤘을지도 몰랐을 텐데?

후성구룡 역시 회주의 진한 살기를 느꼈는지 흠칫 놀라는 눈치였다.

하지만 혁만이 이를 악물며 눈을 빛낸다.

"이것이 잘못되었기 때문입니다."

"잘못되었다? 무엇이?"

"저자들은 형제들을 해한 악적이 아닙니까!"

"보지 않았느냐? 이들의 수장은 신을 품었다!"

"하면 어르신께서 다시 신을 품으십시오!"

"뭣이?"

회주의 얼굴이 딱딱해진다.

"사실 저희들은 처음부터 이해가 가지 않았습니다. 무신, 그 빌어먹을 작자의 피붙이에게 너무나 쉽게 신을 넘겨주셨을 때부터! 그래도 어르신께는 이유가 있으리라 생각을 하고 넘겼습니다."

혁만은 가슴에 쌓였던 것을 모두 토해 냈다.

"하지만 아닌 건 아닙니다. 고작 그런 이유로 지난 싸움을 포기하라 하시면…… 땅에 묻히신 아버지와 할아버지께서 눈물을 흘리실 것입니다."

도강을 비롯한 후성구룡은 모두 고개를 끄덕였다.

그들은 몇 대를 걸쳐 밀천에 충성을 바쳐 왔던 무사들의 후손들이다.

아버지도, 할아버지도, 증조할아버지도. 어쩌면 헤아릴 수도 없을 만큼 까마득하게 오랜 세월 전부터 오로지 신을 위한 생을 살아왔다.

그런 이들의 업을 이은 이상, 적을 가만히 두어서는 절대 안 되는 일이다.

회주는 이를 악물었다.

"그것이…… 너희들 전부의 생각이냐?"

이번에는 혁만 대신에 도강이 담담하게 고개를 끄덕였다.

"그렇습니다."

동의한다는 듯이 화살촉을 이쪽으로 겨누는 모든 무사들이 묵묵히 고개를 끄덕인다. 후성구룡과 마찬가지로 무신련과의 전쟁에서 부모와 형제를 잃었던 사람들이다.

"그래도 어르신께서 신을 핑계로 지난 원한을 모두 털어 버리기 위해 이런 억지를 강행한다는 것은 잘 알고 있습니다."

도강의 말에 회주의 눈동자가 떨렸다.

밀천과 무신련의 오랜 원한. 그 종지부를 찍는 것은 어려울 것이나, 계속 반복되는 피의 역사를 어느 정도 지우고 싶은 게 그의 솔직한 심정이었다.

그런데 그걸 도강이 바로 눈치채 버린 것이다.

과연 자신의 후계자로 점찍어 둔 아이답달까.

괜히 후성구룡의 수장이 되고, 여러 아이들을 이끌게 된 것이 아니다 싶었다.

"그러니 이대로 저들을 돌려보내십시오. 그렇다면 화살은 쏘지 않겠습니다. 단, 한 발자국이라도 움직인다면."

도강은 칼을 뽑아 땅에 푹 꽂았다.

"이곳의 절벽들을 모두 무너뜨려 버리겠습니다."

방어 진형을 갖추던 무신련의 표정이 모두 굳어 버렸다. 그 말인즉, 이곳 전체에 걸쳐 화약을 매설했다는 뜻이 아니겠는가!

실제로 밀천으로 들어서는 입구인 이곳, 밀호관(密湖關)은 자칫 적에게 본거지가 들켰을 경우에 그들을 몰살시키기 위해 특별히 고안된 기관 장치가 곳곳에 설치되어 있었다.

기관 장치가 작동되는 순간 모든 절벽이 무너진다.

제아무리 무신련이 날고 긴다 하여도 대부분이 이곳에 매장되어야 하리라.

대신에 밀천 역시 숨을 곳을 잃고 긴 세월을 방황해야만 하겠지.

결국 후성구룡은 회주에게 선택지를 두 개 내준 것이다.

같이 죽을 것이냐, 모두 살아날 것이냐?

회주는 눈을 질끈 감았다. 무언가를 깊게 생각한다.

여기서 그가 내릴 수 있는 결론은 하나밖에 없다.

그러다 씁쓸하게 웃으며 천천히 무성을 돌아보았다.

"이것이었네. 우리를 품으려면 자네가 반드시 해결해야만 하는 것이."

그가 떨리는 목소리로 묻는다.

"가능……하겠는가?"

"이것조차 풀 수 없다면 어떻게 새로운 하늘을 열겠다고 말할 수 있겠소?"

무성이 가볍게 웃으며 한 발자국 앞으로 나선다.

"련주!"

"련주, 위험하네!"

무신련 무사들이 무성을 만류한다.

하지만 무성은 담담하게 회주를 지나 앞에 선다.

혁만과 도강의 표정이 딱딱하게 굳었다.

"우리가 지금 말도 안 되는 협박을 하고 있다고 생각하는 것인가, 무신련주?"

"그럴 리가. 그대들은 진심이겠지."

"하면……!"

"그래도 물러날 수는 없지."

"뭣이?"

"말하지 않았던가."

무성이 하늘을 향해 광오하게 사자후를 내질렀다

"내가 그대들을 품어 보겠노라고!"

그 외침이 끝나는 순간,

고오오오오오—오!

막대한 마기가 사방으로 휘몰아친다. 마치 폭풍이라도 불어닥친 것처럼 엄청난 기풍이 대지를 때리고, 절벽을 흔들며, 세상을 두들긴다.

쿠쿠쿠쿠쿠쿠쿠쿠쿠!

절벽이 흔들리기 시작한다.

마치 거인이 나타나 걷기라도 한 것 같은 흔들림에 절벽 끝에 서 있던 무사들은 순간 균형을 잃고 휘청거렸다. 일부는 화살 시위를 놓쳐 그대로 화살이 아래로 쏟아졌다.

하지만 화살은 무신련의 머리 위로 떨어지지 않았다.

절벽을 타고, 협곡을 따라 올라오는 기풍 때문에 도리어 절벽 너머로 사라져 버렸다.

그리고 막강하게 불어닥친 마기가 하나로 뒤섞이며 커다란 형태를 만들어 낸다.

츠츠츠츠츠.

그것은 거대한 영혼이었다.

악귀의 형상을 띤 새카만 영혼.

하지만 그것은 마치 자가 증식이라도 하는 것처럼 좌로 늘어나고, 우로 분열이 되었다. 세 개의 머리가 완성되어 세상을 관조하기 시작한다.

"처, 처, 천마혼……!"

후룡구성을 비롯한 마인들은 전부 제 눈을 의심하기 시작했다.

분명 무성이 악귀의 형상을 선보이긴 했었다.

하지만 이것은 그것을 훨씬 뛰어넘는 것이었다.

천마혼이 자랑하는 세 개의 머리는 절벽을 타고 단숨에 정상까지 올라와 마인들과 눈을 마주쳤다.

마인들은 자신들보다도 더 큰 크기를 자랑하는 천마혼의 얼굴들을 보며 바닥에 자지러지고 말았다. 웃는 얼굴, 우는 얼굴, 노한 얼굴.

그리고 이어지는 변화.

쿠쿠쿠쿠쿠.

머리통 아래로 마기들이 뭉치며 일정한 형상을 띤다. 시커먼 팔이 만들어지며 묵직한 손바닥이 땅을 짚어 기울어지는 몸을 지탱한다.

쿵!

이어서 다시 하나.

쿵!

팔은 두 개가 되고, 세 개가 되며, 자꾸만 늘어나더니 여섯 개가 되었다.

그 아래로 몸뚱이가 형성되고, 다리가 만들어지며 땅을 밟아 천천히 균형을 잡고 일어서기 시작한다.

"쏴라! 화살을 쏴라!"

혁만이 거칠게 소리를 지른다.

마인들은 감히 천마가 있는 곳으로 화살을 쏠 생각은 하지 못하다가 두 눈을 질끈 감고 시위에서 손을 놓았다.

그리고 시작되었다.

협곡을 따라 이어지는 엄청난 폭발이.

콰콰콰콰콰콰—쾅!

절벽 곳곳 위로 엄청난 폭발이 일어나면서 낙석 더미와 함께 먼지 구름이 엄청난 양을 자랑하며 아래로 쏟아지기 시작했다.

콰콰콰콰쾅! 콰콰쾅!

폭발이 계속 이어지고 또 이어진다.

"막아라!"

"방진을 갖춰라! 아이들부터 보호하라!"

기왕부의 병사들이 즉각 앞으로 나서며 방패를 하늘로 들어 올리기 시작하고, 고수들은 허공을 향해 검기와 강기 따위를 뿌리며 낙석 더미를 요격하려고 한다.

하지만 폭발은 계속 이어져 사람 몸뚱이보다도 더 큰 낙석 더미가 쉴 새 없이 쏟아졌다. 거기다 해일처럼 엄습해 오는 먼지 구름은 어찌 막을 텐가! 우박처럼 우수수 떨어지는 그것을 막을 수 있는 건 어디에도 없어 보였다.

그 순간,

ㅊㅊㅊㅊㅊㅊ.

완성된 천마혼이 서서히 천지 위에 우뚝 섰다.

삼두육비의 괴물, 천마혼은 아래쪽으로 쏟아지는 낙석 더미를 향해 거칠게 팔을 흔들었다.

콰르르르르르르!

폭풍처럼 팔뚝이 움직이며 손바닥이 활짝 펼쳐지더니,

콰콰콰콰콰콰쾅!

그대로 손에 잔뜩 힘을 주어 부숴 버린다.

그 뒤로도 수많은 폭발과 모래 해일이 일어났지만 그때마다 천마혼은 벼락처럼 손을 뿌려 그 모든 폭발을 강제로 틀어막았다.

그때마다 수많은 재해가 닥쳤다.

어떤 팔은 벼락을 뿌리고, 또 어떤 팔은 폭풍을, 빗물을, 우박을, 화염을, 얼음을, 헤아릴 수도 없을 만큼 잔뜩 흘려 댔다.

재해는 재해를 그대로 휩쓸어 협곡을 눌러 버렸다.

쿠쿠쿠쿠쿠쿠……

결국 세상이 이대로 무너져 내리는 것이 아닐까 싶을 정도로 강하게 일었던 폭발이 거짓말처럼 그쳤다.

진한 그림자가 태양을 가리며 무신련과 기왕부 위를 드리운다.

그들은 하늘에 가득 맺힌 천마혼을 쳐다보았다.

특히 무신련 무사들의 눈동자는 어느 때보다 크게 흔들렸다.

무신련이 무너졌던 원인이, 그들로부터 주인을 앗아 갔던 원수가, 이제는 반대로 자신들을 구해 주고 말았으니 여러 생각이 들 수밖에 없었다.

더구나 그 천마혼을 부리는 것이 무성이란 걸 알았을 땐 충격이 더욱 컸다. 이미 장로들로부터 들어서 알고는 있었으나, 듣는 것과 보는 것에는 차이가 컸다.

충격을 받은 것은 절벽 위에 있는 마인들도 마찬가지였다.

이미 그들은 밀천이 만천하에 드러나는 것까지 각오를 하며 무신련을 막을 생각이었다.

그런데 그것을 신이 강림해 직접 막아 버렸으니.

도강과 혁만을 비롯한 마인들이 몸을 덜덜 떨었다.

천마의 세 얼굴이 바로 정면에서 그들을 굽어다 내려 보고 있었다.

"처, 천마시여……!"

"천마시여!"

『나의 아이들아, 어찌하여 나를 거부하느냐?』

중앙에 있는 소신안이 가만히 입을 연다.

하지만 그 목소리엔 절대 자신을 거부한 데에 대한 분노가 담겨 있지 않다.

오히려 자상하고 자애가 가득한 목소리.

그리고 염려와 슬픔이 가득 묻어난다.

후성구룡은 일제히 무릎을 구부리며 고개를 숙였다.

"오히려 저희가 여쭙고 싶습니다."

『무엇을?』

도강이 무릎을 꿇는다. 바짝 조아린 얼굴에선 눈물이 뚝뚝 흘러내렸다.

"어째서…… 저들을 살려 두십니까? 저들을 쓸어버릴 기회이지 않사옵니까!"

천마의 소신안이 짓는 미소가 짙어진다.

『그것은 너희들이 내 자식이기 때문이다.』

도강이 아랫입술을 질끈 깨문다.

"신의(神意)를…… 감히 여쭈어도 되겠습니까?"

『이것이 내 아이들을 살릴 길이라 생각했다.』

"어찌……!"

『물론 저들은 나의 다른 아이들을 해한 자들이다. 하지만 난 그들을 소중하게 여기나, 지금 내 곁에 남은 아이들을 더 소중하게 여긴단다. 그들에게 미래와 영광을 가져다줄 수만 있다면 어떤 오물과 멍에인들 못 쓸까.』

도강은 그제야 천마의 말뜻을 알아차렸다.

그의 시선이 저 아래에 있는 무성 등에게로 향한다.

"저들이…… 저희에게 미래를 줄 거란 말씀이십니까?"

『그렇다.』

"어떻게……?"

『늘 그러했듯이 날 믿고 따라라. 그리한다면 나의 은총이 너희들에게 향할 것이니.』

"……."

무조건 자신을 믿으란 뜻이 아닌가.

도강은 주변을 쓱 훑어보았다.

이미 다른 후성구룡을 비롯한 마인들은 모두 놀라 바닥에 주저앉은 상태. 바들바들 떨면서 감히 천마의 혼을 올려다볼 엄두조차 내지 못하고 있었다.

더구나 천마혼이 재앙을 일으키면서 매설된 모든 기관 장치 등을 부숴 버린 탓에 이젠 저들을 공격할 방도도 더 이상 없었다.

결국 그들이 할 수 있는 건 아무것도 없다.

도강은 짙은 시름에 잠긴 얼굴로 고개를 떨어뜨렸다.

그것이 포기란 것을 안 천마는 세 개의 머리를 담담하게 끄덕였다.

『옳은 선택을 하였다.』

스스스스.

천마혼을 이루고 있던 안개가 흔들리기 시작하더니 그대로 허공에 흩어졌다. 기운은 고스란히 바람결을 따라 무성의 체내로 다시 가라앉았다.

아래쪽에 있던 사람들은 멍하니 광경을 지켜봤다.

천마의 강림(降臨).

그 엄청난 위용에 사람들은 반쯤 넋을 잃고 말았다.

무신련, 기왕부, 밀천. 어느 소속을 막론하고, 그들의 눈에는 무성의 모습이 마치 신화나 전설 속에서나 나올 법한 신인(神人)으로만 비쳤다.

하지만 무성은 주변의 시선에도 아랑곳하지 않고 길게 숨을 가다듬어 호흡을 정리했다.

"후우우우……."

무성의 단전은 마기가 격랑을 치고 있었다.

여태 심상 수련으로 천마혼에 대한 것을 상상으로만 수련을 했었지, 이렇게 실제로 구현을 한 것은 처음이었다. 확실히 쉽지는 않은 작업이었다.

천마혼은 마기에 기반을 둔다. 하지만 마기의 성질은 천마혼에 기원을 둔다.

둘의 관계가 서로 모순점에 해당되기 때문에 어느 것 하나 균형을 잘못 이루게 되면 모두 망가져 버리게 된다. 하물며 천마의 인격이 깨어나 천마혼이 강대한 이때라면 더더욱.

자칫 천마에게 몸의 제어권을 빼앗길 수도 있기 때문에 정신을 차리는 것은 절대 쉬운 일이 아니었다.

아직 천마혼을 완성시킨 것이 아니기에 더더욱 위험했다.

"련주, 괜찮나?"

석대룡이 조심스레 묻는다.

무성은 말없이 미소만 지어 보이고는 시선을 절벽 위로 던졌다.

"어느 정도 진정된 듯하니 오르지요."

탁! 타닥!

절벽을 가장 먼저 오르는 이는 무성이었다. 밀천이 또다시 무슨 수작을 부릴지 몰라 오를 엄두를 내지 못하는 무신련을 대신해서 먼저 나선 것이다.

『잘도 버티는군.』

거의 절반쯤 올랐을 무렵에 천마가 머릿속에다 짙은 사념을 남겼다.

"뭘?"

『마기의 후유증이 장난이 아닐 텐데. 겨우 균형을 맞춰 가던 신기와 마기의 대립이 깨지지 않았나?』

무성은 체내에 두 가지, 아니, 정확하게는 세 가지 기운을 품고 있다.

혼명, 무신의 내공, 천마혼.

특히 무신의 내공과 천마혼은 완전히 상극이라, 중간에 혼명이 조율을 하지 않는다면 절대 섞일 수가 없는 것이었다.

그런데 균형이 깨지고 말았다.

방금 전에 부린 천마혼 때문에.

재앙을 막기 위해 아직 미완성인 천마혼을 억지로 완성시킨 덕분에 마기가 폭주를 시작해 버렸다.

혼명이 가까스로 누르고는 있지만, 그것은 잠시일 뿐.

두근. 두근. 두근.

심장이 빨리 뛴다. 피가 바쁘게 돌아다닌다. 근육이 잔뜩 경직되고 호흡이 가쁘다.

만약 여기서 방금 전과 똑같은 일이 벌어진다면?

혹은 천마혼을 다시 부려야 하는 일이 생긴다면?

그때는 정말 장담하지 못한다.

지금은 언제 터질지 모르는 폭탄을 짊어지고 있는 것과 똑같았다.

하지만 무성은 절대 약한 모습을 보이지 않았다.

그 순간, 밀천은 다시 이빨을 드러낼 것이고, 자신만 믿고 따라온 무신련과 기왕부는 암담함을 느낄 것이다.

"후유증이야 무시하면 그만. 그리고 이 정도도 이기지 못하고서야 대영반을 이길 수 없을 테지."

『후후후후. 그 기백 마음에 드는구나.』

천마는 자그마한 웃음소리와 함께 다시 심연 속으로 슬그머니 사라져 버렸다. 녀석은 이렇게 불쑥 나타나 제 할 말만 해 버리고 사라져 버리는 경우가 허다했다.

무성은 다시 가빠지는 숨소리를 겨우 억누르면서 아랫입술을 질끈 깨물었다.

＊　　＊　　＊

무신련과 기왕부는 장장 하루를 꼬박 넘겨 높다랗기만 한 절벽을 올랐다.

회주는 여전히 얼이 빠진 도강의 어깨를 짚었다.

"어, 어르신."

"이제 정신이 좀 드는가?"

"……예."

"자네가 방금 저질렀던 짓은 밀천의 아이들까지 위험에 내모는 짓이었다네."

"……."

도강은 말없이 고개를 끄덕였다.

"여기에 대한 이야기는 나중에 천천히 하도록 하지."

회주의 시선이 혁만에게로 향했다.

"두 사람에게 할 말이 아주 많을 것 같구만."

그의 입가에 쏠쏠함이 어렸다

*　　　*　　　*

무신련과 기왕부는 절벽을 지나고도 한참 동안이나 긴 협곡을 통과해야 했다.

병풍처럼 높게 선 절벽 사이로 난 협곡은 발을 들이는 것만으로도 숨이 턱 막히고, 머리가 빙글빙글 현기증이 날 정도로 끝이 없었다.

특히 몇 개씩 갈라지기도 하고, 구부러지기도 하는 등, 마치 미로처럼 복잡하게 얽혀 있어서 자칫 길을 헤매게 되면 영원히 빠져나올 수 없을 것 같았다.

실제로 그들이 지나는 발치에는 앙상하게 메말라 버린 짐 승의 뼈들이 아주 많았다.

그렇게 한참을 이어지던 끝에,

"드디어 다 왔다네."

그들은 드디어 원하던 곳에 다다를 수 있었다.

그곳은 분지(盆地)였다.

첨탑처럼 높게 선 대지(臺地)에 둘러싸인 곳.

하지만 메말라 버려 퍼석퍼석하고 새카만 색으로 가득한 주변 대지와는 다르게 물기를 가득 머금어 촉촉하고 황갈색 으로 빛나는 땅이었다.

그저 협곡을 통과했을 뿐인데도 불구하고 바깥과는 전혀 다른 세상이라는 걸 증명이라도 하듯, 지력이 풍부한 분지는 온통 풀밭이었다.

중원에서도 보기 힘든 들꽃들이 만발해 바람에 살랑살랑 흔들리고, 곳곳에는 논과 밭이 보인다. 한쪽에는 과수원이 있어 탐스러운 열매가 맺혔다.

특히 분지의 중앙에는 엄청난 크기를 자랑하는 저수지가 있었다.

원래는 녹주(오아시스)였을 그것은, 거미줄처럼 길게 난 관 개수로를 따라 물이 졸졸 흐르면서 논과 밭으로 이어지고, 또다시 우물로도 이어져 귀중한 수원(水源)이 되고 있었다.

마치 상상 속에서나 그려질 무릉도원이 이러할까.

그야말로 풍경화를 옮겨다 심은 것처럼 너무나 아름다운 마을이었다.

하지만 이상하게도 사람이 보이질 않았다.

"뭐야? 다들 어디 단체로 여행이라도 갔나?"

석대룡이 뒷머리를 벅벅 긁어 대며 주변을 둘러본다. 하지만 어디에서도 인기척은 느껴지지 않는다.

"다들 숨은 겁니다."

"뭐?"

무성의 시선이 한쪽으로 향한다.

높게 선 대지 쪽에는 수많은 나무에 가려져 잘 보이지 않지만 개미굴처럼 동굴이 몇 개 뚫려 있었다.

회주는 씁쓸하게 웃으며 혁만과 도강을 돌아봤다.

"너희들의 짓이냐?"

"……예."

혁만은 차마 시선을 마주치지 못하고 고개를 떨어뜨리며 겨우 대답했다.

"대체 뭐라고 한 것이냐?"

"곧 무신련이 들이닥칠 것이니 정해진 시일 내에 저희가 돌아오지 않는다면……."

"당장 대피소로 피하라고?"

혁만은 이번에도 고개를 끄덕였다.

회주는 땅이 꺼져라 한숨을 내쉬었다.

다행히 사람들은 동굴 뒤편에 마련된 대피소에 모두 모여 있었다. 그들은 회주와 후성구룡을 보고 안도를 하면서도, 낯선 이방인들의 등장에 잔뜩 긴장했다.

무신련. 그들에게는 원수가 아니던가.

"본인은 무신련주요."

무신련에게 가족을 잃어버린 사람 앞에서, 무성은 그렇게 밝혔다.

순간, 엄청난 살기가 휘몰아친다.

마을 사람들 대부분이 대피를 했다고는 하나, 그들은 자기 몸을 지키기 위해서 무공을 익힌 자들. 그들이 하나같이 내뿜는 기세는 아주 대단하다.

"하지만 그대들의 신을 품고 있기도 하지."

그 말에, 살기가 살짝 가라앉는다.

무성은 아주 담담하게 말했다.

"나는 우리가 당장 처음부터 잘 어울릴 거라고는 생각지 않소. 이해를 구하지도 않겠소. 구걸을 하지도 않겠소. 그저 보여 드리겠소."

도대체 뭘 보여 준다는 것일까?

밀천 사람들의 눈 위로 의문이 어렸지만, 무성은 아무런 대답도 하지 않았다.

회주는 담담히 웃기만 할 뿐이었다.

무신련은 곧장 정착을 시작했다.

일단 임시 거처를 위해 입구 쪽에다 작은 규모로 진영을 갖추는 한편, 그들이 머물 수 있는 집을 짓기 위해 대규모 공사에 들어갔다.

다행히 이곳은 나무를 쉽게 구할 수 있는 데다가, 집의 구조가 잘 구워진 벽돌로 만든 것이다 보니 훨씬 만들기가 수월했다.

그렇게 만들어진 집들은 아비 혹은 남편을 따라 먼 길을 여행해야만 했던 가족들에게 가장 먼저 배급되었다.

한편, 다른 사람들은 원활한 식량 보급을 위해서 논과 밭을 경작하기 시작했다.

이 역시 지천에 널린 게 빈 땅이라 어렵지 않았다.

그렇게 보름이 지났을 무렵에는 병영이 거의 거두어지고, 아주 작지만 그럴싸한 마을 두 개가 만들어졌다.

사람들은 마을 구분을 위해 무신련의 사람들이 머무는 곳은 무촌(武村), 기왕부가 머무는 곳은 기촌(冀村)이란 이름을 붙였다.

그리고 자연스레 밀천이 있는 곳은 밀촌(密村)이란 단어가
붙었다.

밀천 외에는 아무도 찾지 않던 금역의 땅에, 마을이 세 개
나 자리를 잡게 되었다.

第二章

세 개의 마을

　무, 기, 밀의 세 개 마을은 처음 수뇌부의 우려와 다르게 이렇다 할 충돌이 없었다.

　하지만 교류도 마찬가지로 전혀 없었다.

　"와아아아!"

　"얍! 얍! 내 정의의 칼을 받아라!"

　밀촌의 아이들은 서로 두 개의 패로 나뉘어 전쟁놀이를 하기 바빴다.

　어느 마을에 가든지 쉽게 볼 수 있는 정겨운 풍경.

　하지만 그들과 같이 놀고 싶은 건 다른 아이들도 매한가지였다.

원래는 논밭을 구획하기 위해 만들었다가, 이제는 밀촌과 무촌을 가로지르는 경계선이 되어 버린 담장 너머로 다섯 꼬맹이들이 불쑥 고개를 내민다.

"어, 어쩌지?"

"히잉! 저거 어제 내가 만든 건데!"

꼬맹이 중 유달리 키가 작은 아이가 울상을 짓는다. 밀촌의 아이가 '나는 괴물이다!'라고 소리를 지르면서 마구 부수고 있는 높게 쌓은 모래성은 사실 어제 그가 정성스레 만들던 것이었다.

분명 이곳은 어제 그들이 놀았던 장소. 하지만 오늘은 아침 일찍 밀촌 아이들이 자리를 잡아서는 도통 비켜 줄 생각을 하지 않는다.

"안 될 건 뭐 있어! 여긴 우리 구역인데! 당연히 내쫓아야지!"

골목대장으로 보이는 아이는 소매를 걷어붙이면서 콧김을 마구 내뿜었다.

"하지만 저 녀석들은 너무 많잖아!"

"싸워도 우리가 지는걸."

"그럼 멍청하게 뺏기고만 있을래?"

도리도리.

아이들은 고개를 흔들었다.

골목대장은 주먹으로 가슴팍을 세게 두들겼다.

"우리 할아버지 말씀, 남자는 뭘 하더라도 가슴을 쭉 펴고 당당해야만 한다! 우리 건 우리가 되찾아지!"

"오오오오."

"역시 멋지시구나. 웅이 할아버지는."

석웅(石熊)은 당연하다는 듯이 가슴을 당당하게 폈다. 무신련 내에서도 손꼽히는 직위에 오른 할아버지를 둔 데다가 체구도 또래의 아이들보다 건장해서 자연스럽게 아이들을 이끄는 역할을 도맡아 왔다. 성격도 할아버지처럼 일직선이라서, 절대 물러서는 걸 몰랐다.

"그러니까 다들 나만 따라와!"

무신련의 가족들이 대부분 넘어왔다지만, 그만큼 이탈자들도 많았기 때문에 무촌에는 비교적 아이들이 적다. 그러니 이대로 싸움이 붙는다면 질 게 뻔했지만, 석웅은 눈 하나 깜빡하지 않았다.

아이들은 침을 꼴깍 삼키면서도 석웅의 말대로 어떻게든 될 거란 생각에 담장을 벗어나 밀촌의 구획으로 천천히 들어섰다.

"야!"

석웅이 우렁차게 외친다.

밀촌의 아이들은 기백에 깜짝 놀라고 말았다. 한창 전쟁놀

이에 열중하던 아이들은 싸움을 멈추고 무촌 쪽을 힐끔 쳐다
봤다.

"너희들은 뭐냐?"

아이들을 제치고 머리가 하나는 더 큰 녀석이 나타났다. 이
곳의 골목대장을 자처하는 혁산(赫山)이었다.

석웅이 당당하게 나섰다.

"여긴 어제 우리가 놀던 곳이야!"

"그런데?"

"비키라고!"

혁산은 코웃음을 쳤다.

"미안하지만 여긴 원래 우리들이 놀던 덴데? 우리 거라고.
하루 쉬었다고 우리 거가 어떻게 너희들 거가 되냐?"

"너희들은 딴 데서 놀고 있었잖아! 보름 되도록 여기에 없
었던 거 우리가 봤거든!"

"아닌데? 우리는 원래 돌아가면서 노는데?"

"씨이! 이것들이 진짜!"

석웅은 똑똑하다. 밀촌과 충돌해서는 안 된다는 어른들의
말을 지키기 위해서 딴에는 녀석들이 출몰하지 않은 구역을
찾아 겨우 놀이터를 만들어 놨다.

그런데 이튿날이면 꼭 이 녀석들이 나타나서는 훼방을 놓
았다.

아침 일찍 자리를 떡 하니 차지해 버리고는, 무촌의 아이들이 절대 들어올 수 없게 막아 버렸다.

여기에 대해서 따지려고 들면 몇 배나 많은 머릿수로 '그래서 뭐? 어떡할 건데?'라는 막무가내식으로 막아 버리니 어떻게 할 도리가 없었다.

석웅은 그때마다 화를 꾹꾹 누르면서 다음 놀이터를 찾아 움직였지만, 예나 이튿날이 되면 밀촌 아이들이 점거를 해 버린다.

이게 몇 번씩 반복되자, 석웅도 화가 끝까지 치밀었다.

특히 싸움을 포기하고 다른 놀이터를 찾아 떠날 때마다 녀석들은 하찮다는 눈빛으로 이쪽을 쳐다보기 일쑤였다. 꼬리를 말고 도망친다고 여기는 것이다.

지금도 마찬가지.

녀석들은 무촌을 깔보고 있었다.

사실 석웅의 성격에, 지금까지 참은 것만 해도 대단한 일이었다.

"야."

"뭐?"

혁산은 체격은 다부져도 키는 자신보다 훨씬 작은 석웅을 보면서 코웃음을 쳤다. 녀석이 싸움을 걸어온다고 해도 눌러 버릴 자신이 있었다.

"우리가 노는 게 꼽냐?"

"응. 꼬와."

"왜?"

"너희 같은 비렁뱅이 놈들이랑 노는 게 싫어."

혁산은 짜증이 가득 섞인 눈빛이었다. 그건 다른 아이들도 매한가지였다. 무촌을 노려보는 밀촌 어른들의 시선이, 그 아이들에게도 고스란히 전해지고 있었다.

"우리가 그렇게 싫어?"

"당연하지."

"그렇게 싫으면 시집 가!"

퍽!

갑자기 예상치도 못하게 둔탁한 타격음과 함께 혁산이 그대로 뒤로 벌러덩 나자빠졌다.

"피? 피다! 피! 혁산이 코피 흘렸어!"

꼬마들 세계에서 코피가 나면 싸움에서 지는 거다. 한 녀석이 호들갑을 떨자, 밀촌 아이들은 일제히 석웅에게 달려들었다.

"덤벼, 이 자식들아!"

석웅은 혁산을 한 방에 쓰러뜨린 짱돌을 마구잡이로 휘둘러 댔다.

퍼퍼퍼퍽!

그렇게 무촌과 밀촌 간에 패싸움이 벌어졌다.

＊　　　＊　　　＊

무성은 가부좌를 틀었다.

스스스스.

몸 주변을 따라 맴도는 거무스름한 기운. 그것은 마치 무성의 몸을 빼앗을 기회라도 엿보는 것처럼 자꾸만 빈틈을 노린다.

천마혼과 함께 폭주한 마기다.

무성은 도저히 제어할 수 없을 것 같은 마기를 모두 체외로 빼냈다. 하지만 지금 이 순간에도 단전에 웅크리고 앉은 천마혼은 쉴 새 없이 마기를 뿌려 대는 중이었다.

전부 마령주와 천마혼이 만나면서 벌어진 일이다.

백(魄)과 혼(魂), 기(氣)와 신(神)이 만나고 말았으니 어찌 상승 작용이 일어나지 않을 수 있을까.

더군다나 백과 혼을 담을 육(肉)이, 기와 신을 함께할 정(精)이 바로 이곳에 있으니 기운은 더 크게 일어날 수밖에 없다.

운기행공을 하지 않아도 쉼 없이 생성되는 힘이라니.

무인이라면 어느 누구나 바라 마지 않을 것이다. 특히 천마의 업을 잇고자 하는 밀천의 마인들이라면 꿈에서도 간절히 바랄 경지.

하지만 무성으로서는 미칠 지경이었다.

이미 그의 육신은 천마가 아닌, 무신의 것을 따라 업(業)을 마련하고 이제야 겨우 가다듬어 가는 와중이다. 거기다 천마의 힘을 강제로 심으려 해서는 반발이 생길 수밖에 없다.

겨우겨우 혼명으로 균형을 지탱하고는 있지만, 이미 천마혼은 완성을 이뤘기 때문에 무신의 업을 깨뜨릴 수도 있었다.

그래서야 모든 것이 무너지고 만다.

물론 무신의 업을 저버리고 천마혼을 고스란히 받아들이는 경우도 있을 것이나, 이는 자칫 천마의 인격에 육체를 빼앗길지도 모르는 노릇이다.

지금은 당장 서로가 서로를 필요로 한다 하여 손을 잡고 있지만, 언제 뒤로 돌아서도 절대 이상하지 않을 관계였다.

그렇기 때문에 무성으로서는 절대 빈틈을 내주어서는 안 되었다.

그래서 택한 것이 바로 정화(淨化).

마기를 모두 받아들일 수가 없다면 외부로 한 번 배출했다가, 이것을 다시 흡수하여 운기행공으로 한 차례 걸러내 안착시키는 것이다.

이리하면 순수한 마기가 무성의 체질에 맞게 변하기 때문에 별다른 무리 없이 혼명에 동화시킬 수 있었다.

하지만 여기에도 문제점은 있다.

천마혼의 깊이를 알 수 없다는 점.

얼마나 될지도 모르는 마기에 계속 매달릴 수도 없거니와, 그런다 하여도 이런 방식으로 과연 천마혼을 완전히 수용할 수 있을지도 의문이었다.

마기는 천마혼을 구성하는 물질. 하지만 여기엔 영혼이 담겨져 있으니 정화를 한다고 해도 일차적인 방편일 뿐이지, 근원적인 해결책은 되지 못한다.

더구나,

그그그그.

갑자기 정수리 위에서 우윳빛 서광이 비치는가 싶더니 천천히 새어 나와 마기와 부딪친다.

마치 물과 기름처럼 서로 섞이지 않는 두 기운은 서로를 잡아먹을 수 있을까 싶어 호시탐탐 기회를 노린다.

무신의 기운. 무성이 무신기(武神氣)라 이름 붙인, 백율의 유산조차도 아직 모두 수습하지 못했다는 점이 문제였다.

무신기는 천마혼에만 매달리는 무성의 선택에 반발이라도 하듯이 이따금 통제를 벗어나 밖으로 나와서는 마기를 계속 공격한다.

그때마다 양의심법으로 두 기운을 제어하려고 하지만, 역시나 궁여지책에 불과하다.

무신기와 천마혼.

일세(一世)를 풍미했던 두 절대고수의 유진은 이미 무성이라는 커다란 틀 안에서 제멋대로 돌아가는 중이었다.

이대로는 위험하다.

위기감이 무성의 뇌리를 가득 채웠다.

'수련에 들어가야 해.'

무성은 이를 악물었다.

무신기와 천마혼, 두 개를 모두 수습하려면 딱 한 가지 방법밖에는 없다.

혼명의 재완성.

이미 무성은 환골탈태를 하면서 혼명의 완성을 이뤘다. 이제는 탈각, 기존의 혼명을 벗어던지고 새로운 혼명을 만들어야만 했다.

그러기 위해서는 속세를 벗어나 수련에만 맹진할 수 있는 방법을 찾아야만 했다.

하지만,

'아직 이쪽 정리도 덜 되었는데, 내가 자리를 비워 버리게 되면……'

천주의 자리에 오르겠다고 했지만, 무성이 정말 제대로 밀천의 인정을 받은 것은 아니다. 그저 저들에게는 신을 품은 그릇으로밖에 보이지 않는다.

무신련도 마찬가지. 아직 새로운 터전에 자리를 잡지도 못한 판국에 무성이 자리를 비워서야 혼란만 더할 뿐이다. 기왕부는 어떠하겠는가. 더 캄캄하다.

『무슨 생각을 그리하느냐? 그냥 모든 걸 내려놓고 가질 수 있는 것부터 가지는 게 좋은 것을. 나를 택하라. 그리하면 그대에게 무한한 은총을 내려 줄 것이니.』

천마의 목소리가 귓가를 맴돈다. 마치 보리수나무 아래에서 깨달음을 갈구하는 부처에게 갖가지 현혹을 일삼는 마라를 떠올리게 한다.

무성은 거기에 대꾸도 하지 않은 채 살짝 인상만 찡그렸다.

『하하하하하하. 쉬운 길을 포기하고 굳이 어려운 길을 가겠다고 한다면야 말리지는 않으마.』

천마는 기다란 웃음소리를 남기며 다시 심연 속으로 사그라졌다.

무성은 눈을 뜨면서 검지로 관자놀이를 꾹 눌렀다.

머릿속이 욱신거린다. 천마의 목소리가 뇌리를 뒤흔든 탓에 생긴 두통이다.

하지만 그를 가장 골치 아프게 한 것은,

쿠쿠쿠쿠!

기운을 거둬들였는데도 불구하고 여전히 바깥에 얕게 남아 충돌을 거듭하는 신기와 마기였다. 우윳빛 서광과 칠흑빛 암흑은 서로를 삼키려 뒤죽박죽 섞여 도무지 분리될 생각을 하지 않는다.

"역시나 어떻게든 수를 써야 해."

무성이 어쩔 방법이 없나 작게 중얼거릴 무렵,

탁!

"련주! 련주! 헙!"

갑자기 문이 활짝 열리더니 석대룡이 다급하게 방 안쪽으로 들어왔다. 하지만 그는 한 발자국을 내딛다 말고 헛바람을 들이켰다.

여전히 실내에 짙게 남은 신기와 마기가 그의 심장을 꽉 눌러 버린 것이다.

무성은 허공에다 손을 저어 기운의 압박을 모두 가시게 하고는, 석대룡을 쳐다봤다.

"무슨 일이십니까?"

석대룡은 무성이 다시금 진일보(進一步)를 했다는 사실에 살짝 기뻐하다가 이내 용건을 떠올리고는 인상을 살짝 찡그렸다.

"아무래도 우려했던 일이 터진 것 같네만."

역시나 무촌과 밀촌의 충돌이 벌어진 모양이다.

"누가 먼저 시비가 붙은 겁니까?"

"그게……."

석대룡은 말하기를 머뭇거리다 한숨을 내쉬었다.

"내 손자 녀석이 밀촌의 골목대장 대갈통을 짱돌로 찍어 버렸다는구만."

무성은 쓰게 웃었다.

"애들 싸움이 어른 싸움으로 번지려는 모양입니다."

"아무래도 그럴 것 같네만. 어쩌면 좋을까?"

비록 한 차례 천마혼을 꺼내 갈등을 봉합시켰다고는 하지만, 그것은 어디까지나 봉합이지, 절대 해결이 아니다. 아니, 해결, 그 자체가 사실 불가능하다고 봐야겠지.

그나마 내릴 수 있는 방법은 하나밖에 없다.

시간.

두 곳에는 모두 시간이 필요하다.

'여기선 내가 빠져야 해.'

무성이 어느 곳에 편을 들어 준다면 갈등은 더 심각해질 수밖에 없다. 그때는 바깥일에 정신이 없을 회주도 나서야만 할 테니까.

우두머리들이 나서 봤자 갈등만 더 심각해질 터.

그래서 무성은 방법을 달리 잡았다.

"회주를 뵈어야겠습니다."

"왜? 항의라도 하려고? 그래서야……."

"아닙니다. 그래서야 겨우 자리 잡은 곳에서 원주인들에게 쫓겨나기밖에 더 하겠습니까? 다른 방식으로 접근할 생각입니다."

"어떻게?"

"내적 갈등이 있으면 단합이 될 수 있도록 외부에 공통된 적을 만들어야죠."

"자네, 설마?"

석대룡의 눈이 커진다. 살짝 빛을 발한다.

무성이 고개를 끄덕였다.

"예. 계획보다 조금 이르긴 하지만, 동창을 사냥하는 데 나가 볼까 합니다."

*   *   *

회주는 근심이 가득한 얼굴로 나타났다.

"으으으음."

"신경이 많이 쓰이시는 듯하오만."

"오늘 다친 혁산은 자네도 봤던 혁만의 막내 동생이라네. 후성구룡들이 날뛰려던 걸 억지로 말리고 오는 길이라네."

고개를 절레절레 흔든다.

"이것은 단순한 아이들만의 싸움이 아니라네. 잘 알고는 있겠지?"

"예. 언젠가는 터질 일이었지요."

"원한이 서로 깊은 두 단체가 하나로 묶일 만한 그런 계기가 필요해."

"밀천은 어떻소? 만약 반격에 나서기로 한다면 나설 수 있으시겠소?"

회주의 눈이 차갑게 번뜩인다.

"외부로 시선을 돌린다, 이것인가?"

무성은 무겁게 고개를 끄덕였다.

"그렇소."

"흠."

회주는 손으로 턱을 쓰다듬었다. 무언가를 잔뜩 궁리하는 표정이다. 하지만 이내 입가에 쓴웃음이 걸린다.

"하지만 자네도 알다시피 그러기엔 절대 쉽지가 않아. 우리가 가진 전력이라고 해 봤자 이제는 거의 바닥이란 걸 잘 알지 않나."

이미 한차례 몰락을 겪었으니 절대 쉬울 리 없다.

하지만 그들 역시 언젠가는 세상에 나서야 할 일.

"그래도 준비를 시작해야 한다면……."

"얼마나 걸릴 것 같소?"

"일 년. 최소한일세."

무성은 무겁게 고개를 끄덕였다.

"천하를 두고 전쟁을 벌이는 것인데 그 정도라면야."

회주는 품속에서 부경목패를 꺼냈다.

"나 역시 그 안에 이걸 모두 소화해 보이도록 하지."

*　　*　　*

무촌, 기촌, 밀촌에 가릴 것 없이 전쟁을 준비할 거란 소문이 쫙 퍼졌다.

"벌써 이곳을 떠난다고?"

"그게 아니라 준비부터 서두를 거라는군. 이렇게 좁은 곳에서 천년만년 있을 수만은 없잖은가?"

무촌은 벌써부터 고향으로 돌아갈 수 있을 것 같다는 희망에 사로잡혀 눈가에 생기를 띠기 시작했다.

"세상으로 나설 준비라……."

기왕은 손으로 턱을 쓰다듬으며 피식 웃는다.

무성이 왜 갑자기 이런 말을 흘렸는지 알 것 같다.

아마 세 마을 사이에 흐르는 미묘한 갈등과 분위기를 뒤집기 위해 던진 패이리라.

"밑에 장수와 병사들의 반응은 다들 어떠하더냐?"

벽해공주 주설현이 살짝 웃는다.

"괜찮아하는 분위기입니다. 빨리 고향으로 돌아가고 싶어
하는 사람들도 더러 있고요."

"그렇단 말이지?"

기왕의 입가에도 웃음꽃이 핀다.

"도울 수 있는 건 무엇이든지 돕도록 해라."

"그럼 철갑흑기(鐵甲黑騎)를 빌려도 될지 여쭙고 싶습니다,
아바마마."

"음? 그들은 왜?"

철갑흑기는 기왕부에게 거의 유일하게 남았다고 할 수 있
는 정예병이다. 기왕이 사막 지대를 한창 누비고 다닐 무렵에
함께했던 역전의 노장들로, 한때 검은 갑옷을 입은 기마병이
나타나면 소란스럽던 전장이 조용해질 정도로 엄청난 명성을
드날렸다.

그들을 내어 달라는 의미는, 기왕부 전체의 힘을 내어 달라
는 뜻.

주설현은 당당했다.

"전열을 정비하고, 예전에 아바마마께 충성을 맹세했던 부
족들을 통합할까 싶습니다."

기왕의 눈이 차갑게 번뜩이다 곧 쓴웃음이 걸렸다.

"그게…… 가능하다 싶으냐?"

유목민들의 세계는 강자존이다. 뿔뿔이 흩어져 서로 물어 뜯고 싸우더라도, 그들을 통합할 만한 그릇과 능력을 지닌 자가 나타나면 언제 그랬냐는 듯이 그 깃발 아래로 몰려들어 하나가 된다.

그래서 과거에 흉노(匈奴)가 한고조 유방을 사로잡을 수 있었던 것이고, 당태종 이세민이 선비(鮮卑)를 등에 업고 일국 을 평정할 수 있는 저력을 낼 수 있었다. 나아가 몽고(蒙古)는 중원을 넘어 세상을 제패했으니, 다른 말이 무엇이 필요하랴.

하지만 근자에 들어 북방에는 이렇다 할 영웅이 없이 근근 이 살아가기 바빴다. 그나마 그들을 하나로 엮을 만한 자를 꼽으라 한다면 홍안 시절의 기왕을 꼽을 수 있었다.

기왕은 철갑흑기와 함께 북방을 전전하면서 나라에 해가 될 만하다 싶은 부족들은 모조리 격파하고는, 그들로부터 충 성의 서약이 담긴 연판장을 받았다.

덕분에 세가 큰 부족들을 상대할 때는 그들의 도움을 빌리 기도 하는 등, 기왕이 마음만 먹었다면 북방에다 커다란 일국 (一國)을 세우는 것도 무리는 아니었다.

실제로 철갑흑기를 구성하는 대부분의 인원이 중원 출신이 아닌 북방 유목민족 출신이었다.

하지만 세월이 흐르면 지난 약속도 흐려지는 법.

하물며 지난날 충성을 맹세했던 여러 부족들도 기왕이 이제는 이빨 빠진 호랑이란 걸 잘 알고 있을 것이다.

그런데 과연 그때 받은 연판장을 들이 내민다고 한들, 충성을 받을 수 있을까?

"저 역시 순진하게 그들이 순순히 따를 거라 믿지는 않아요."

"하면?"

"따르게…… 만들어야지요."

주설현의 눈이 빛난다. 한때 아비를 따라 전장을 쩌렁쩌렁하게 울렸던 여호장군의 모습이다.

"어떻게?"

"북방의 규칙은 힘입니다. 그걸 보여 줄 거예요."

"련주가 따라가느냐?"

주설현은 고개를 가로저었다.

"무신련이 도와줄 것이라고는 하나, 이번 일은 제 힘으로 해낼 생각이에요."

"힘들 것이다."

"여인이라 더 괄시를 받겠지요."

"죽을 수도 있다."

"왕부의 위엄을 되찾기 위한 길이에요. 뭔들 못 할까요."

"얼마나 걸릴 것 같으냐?"

"일 년. 일 년 안에 모두 끝낼 겁니다."

주설현의 눈은 다른 어느 때보다 크게 빛났다.

"내가…… 미안하구나."

기왕은 딸을 사지로 내모는 것 같아 가슴이 찢어질 것만 같았다. 하지만 한편으로는 하나뿐인 딸에게서 옛날 자신의 모습이 비쳐지는 것 같아 흐뭇하기도 했다.

주설현은 싱긋 미소를 지었다.

"부모 자식 간에 미안하다는 말은 함부로 하지 않는 거라고, 예전에 아바마마께서 말씀하시지 않으셨는지요?"

그리고 그 날, 삼백을 헤아리는 흑색 기마병들이 바쁘게 고원을 떠나 사막으로 향했다.

*　　　*　　　*

"밀천의 세상을 이 땅에 세울 수 있게 해 주겠다?"

혁만은 짜증 가득 섞인 표정으로 중얼거렸다. 그는 붕대를 이마에 칭칭 감은 막내 동생을 매만지고 있었다.

"형. 난 괜찮다니까."

"괜찮긴 뭐가 괜찮아? 잠자코 그냥 누워 있어."

혁만은 혁산을 강제로 눕히고는, 소식을 갖고 온 도강을 휙 돌아보았다.

"미친놈들이군. 괜히 애들 싸움이 커질 것 같으니까 그럴듯한 명분으로 적당히 때우려는 거잖아? 나 같이 멍청한 놈도 훤히 속내가 들여다보이는데, 너처럼 똑똑한 녀석이 왜 그래?"

"오전에 어르신께서 이곳을 떠났다."

"뭐?"

"준비할 게 많다고 하시더군. 일 년은 족히 돌아오지 못한다고 하셨다."

"……!"

용권상회의 일 때문에 회주가 자리를 비우는 경우가 잦긴 했지만 이토록 기간이 긴 경우는 딱 두 번밖에 없었다.

이유명이 전력을 끌고 나섰을 때.

그리고 무너져 가는 밀천을 살리고자 했을 때.

오로지 밀천의 사활을 걸 때만 장기적으로 자리를 비웠다.

"그뿐만 아니다. 기촌에서는 삼백의 기마병들이 나섰고, 무촌에서는 사자군이 움직였다더군."

"목적은?"

"알 수 없어. 하지만 대략 중원으로 들어서기 전에 방해가 될 수 있는 주변부터 경략하려는 것이겠지."

"……진심인가, 그놈들?"

혁만의 눈에는 지금 그들이 전부 불길 속으로 뛰어들려는 불나방들로만 보였다. 그만큼 현재 무신련과 기왕부, 밀천의 전력은 형편이 없었다.

"문제는, 다른 교도들도 비슷한 생각이란 점이다."

차라리 이럴 것이라면 무신련과 갈등을 빚지 말고 그들을 이용하는 게 낫지 않겠냐는 소문이 돌고 있다.

"그래서 뭐? 하고 싶은 말이 뭔데?"

혁만은 도강의 목소리가 살짝 달라졌다는 것을 확실하게 느꼈다. 분명 예전까지만 해도 분노를 잔뜩 품고 있던 목소리가 아니다. 희열, 흥분, 기대로 가득하다.

"세상에다 엿을 먹일 수 있다면 써먹을 수 있는 건 얼마든지 써먹어야 하지 않겠나? 우리에게서 갈라져 나갔던 제세칠성을 이용했던 것처럼."

쾅!

혁만은 탁상을 세게 내리쳤다. 얼굴이 흉신악살처럼 잔뜩 일그러진다.

"너, 그게 무슨 뜻인지나 알고 하는 소리냐?"

"알고 있다."

"아니. 넌 모른다. 저들을 호법일성(護法一星)으로 삼자니! 그게 말이나 되는 소리냐!"

밀천은 아주 오랫동안 전쟁을 벌이면서 자신들을 보호해 줄 껍질이 필요했다. 그래서 만든 것이 호법일성. 때로는 대라종이, 때로는 야별성이, 그 자리를 차지했듯이 이제는 무신련을 단단한 껍질로 삼자는 뜻이다.

하지만 도강은 진지했다. 무겁게 고개를 끄덕인다.

혁만은 당장에라도 주먹을 날릴 기세로 크게 으르렁거렸다.

둘 사이에 미묘한 갈등이 부는 그때,

"환자가 있는 것 같은데 그렇게 계속 싸워도 되겠소?"

혁만과 도강이 흠칫 놀라 문가 쪽으로 시선을 돌렸다.

그곳엔 무성이 담담한 얼굴로 서 있었다. 옆에는 웬 이상한 꼬맹이 하나를 대동한 채로. 혁만은 그 아이가 자신의 동생에게 코피를 보게 한 녀석이란 걸 깨달았다.

"무신련주께서 여기까진 무슨 일이십니까?"

혁만은 자신들에게 무슨 해코지라도 할 것이냐는 투로 잔뜩 비꼬았다.

무성은 피식 웃었다. 혁만은 무시를 당한 것 같아 한쪽 눈썹이 꿈틀거렸지만, 무성은 석웅의 등을 밀었다.

"할 말이 있지 않으냐?"

석웅은 얼결에 떠밀려 혁산이 누워 있는 침상까지 걸었다. 혁산은 제 형만큼이나 얼굴을 잔뜩 일그러뜨리며 석웅을 노려보았다.

석웅은 미처 말을 제대로 하지 못하고 연신 쭈뼛거렸다. 고개를 뒤로 돌려 무성에게 도와 달라는 눈빛을 보낸다. 무성이 괜찮다는 듯이 고개를 끄덕인 후에야, 녀석은 숨을 크게 한 번 고르고는 혁산에게 허리를 숙였다.

"미안해!"

"뭐가?"

"그냥 전부!"

대놓고 사과를 하는데 받지 않는 것도 이상하다. 혁산은 어쩌면 좋겠냐는 투로 혁만을 올려다봤다. 하지만 혁만으로서도 뾰족한 수가 있을 리가 만무하다. 꺼지라고 하기엔 속이 옹졸해 보이고, 받아들이자니 무신련에 대한 원망을 아직 숨길 수가 없다.

그런데 석옹이 여기다 불을 질러 버렸다.

"그런데 솔직히 너도 쪼잔했어."

혁산이 홱 하고 노려본다. 이게 어딜 봐서 사과하는 녀석의 말투야?

하지만 석옹도 할 말은 다 해야 직성이 풀리는 성격이었다.

"뭐, 인마?"

"그거 좀 같이 놀면 어때서 그래? 사내새끼가 내 거 네 거 따지기나 하고. 우리 할아버지가 그랬어. 속 좁으면 남자가 못 된다고."

"야! 나 남자 맞거든!"

"그럼 속 좁게 굴지를 말든가. 계집애처럼 계속 누워 있기나 하고."

혁산이 자리에서 벌떡 일어난다.

"눕긴 누가 누워 있다고 그래! 봐! 난 멀쩡하다고!"

"그럼 같이 놀 수 있겠네?"

"당연하지! 안 되겠다. 너처럼 멍청한 놈이 불쌍해서라도 놀
아 줘야겠네. 젠장!"

혁산은 이마를 감고 있던 붕대를 풀어 침상에다 던졌다.

"형! 나 이놈들 정신 좀 차리게 해 주고 올게!"

그러고는 대답도 듣지 않고 후다닥 방을 나서 버린다. 석
웅은 혁산을 따르다 말고 무성에게 눈웃음을 날렸다. 녀석을
도발해서 친구로 삼으라고 충고를 해 줬던 데에 대한 고마움
이었다.

결국 두 꼬마 아이가 나서 버리자, 방 안은 휑해졌다.

도강이 고개를 절레절레 흔든다.

"형이나, 동생이나. 단순한 건 똑같군."

"젠장!"

여태 그럴싸하게 멋만 잡던 혁만으로서는 대꾸할 말이 없
어 욕지거리만 내뱉었다. 한편으로는 편견이 없는 아이들에게
강제로 선을 긋게 만들었나 하는 생각에 뒷골이 싸했다.

하지만 겉으로 인정할 수는 없다. 혁만은 입술을 이죽거리
며 껄렁대는 자세로 무성을 위아래로 살폈다.

"애들 싸움 뜯어 말리려고 련주께서 직접 행차하시진 않았을 테고. 무슨 용무라도 있는 거요?"

"후성구룡을 모두 불러 주시오."

"왜? 싹 다 모아서 한꺼번에 모가지라도 치시려고?"

"혁만."

도강이 으르렁거리며 경고한다.

혁만은 알겠다는 듯이 걱정 말라며 손사래를 쳤다.

무성이 말했다.

"천마의 가르침을 주려 하오."

第三章

천마벽

　험난한 산을 오르는 무리가 있었다.

　무성과 후성구룡이었다.

"그래서 어디로 가려는 것인데?"

　무성의 뒤를 졸졸 따라다니던 혁만은 인상을 잔뜩 찡그렸다. 도대체 이곳 지리는 전혀 알지도 못하는 사람이 어딜 가겠다는 건지 알 수가 없었다.

　하지만 무성은 제대로 된 대답도 해 주지 않고 걸음을 옮겼다. 그리고 가끔 길을 가다 말고 멈춰 서서 주변을 둘러보고는, 혼자서 알겠다는 듯이 고개를 끄덕이며 방향을 우측으로, 대각선으로 방향을 꺾는다.

'대체 뭘 하려는 거야!'

그렇지 않아도 무성이 마음에 들지 않는 혁만으로서는 속이 부글부글 끓기만 했다.

하지만 별다른 말은 꺼내지도 못한다.

무성이 약속했던 한마디.

천마의 가르침.

신의 은총을 받을 수 있다는 사실 때문에 화를 꾹 눌러 버렸다.

만약 저 말이 사실이라면 절대 놓칠 수가 없는 기회였다.

그 때문에 다른 후성구룡들의 눈동자도 반짝반짝 빛난다. 몇몇은 흥분한 기색을 감추지 않는다. 당장이라도 배우고 싶어 안달이 난 눈치다.

사실 안달이 난 건 혁만도 마찬가지다. 다만, 어딘가를 찾고 있는 거라면 말이라도 해 주면 길을 찾아 줄 텐데, 왜 이렇게 자꾸 미적거리는 건지 알 수가 없었다.

"혹시 천마벽(天魔壁)으로 가려는 건가?"

그때 뒤에서 도강이 작게 중얼거린다.

"뭐?"

"왠지 거기일 것 같아서."

"아."

혁만은 그제야 머리가 맑아지는 것 같았다.

천마벽.

그곳은 아주 오랜 옛날, 천마가 스스로 육신이란 감옥을 벗고 비로소 완벽한 자유를 맞이한 장소를 의미한다.

밀천으로서는 성소(聖所)로만 여겨지는 곳.

하지만 문제는 천마벽의 정확한 위치를 알지 못한다는 점이다.

대략적인 위치는 알고 있다.

어느 누구도 그냥 지나칠 수 없는 흔적이 그곳에 남아 있으니까.

하지만 그곳은 천마가 탈마(脫魔)를 이루기 위해 준비를 했던 장소일 뿐. 탈마를 맞아 육신이 남은 정확한 위치는 아무도 모른다. 대신에 천마가 말년에 지낸 장소를 뭉뚱그려서 천마벽이라 할 뿐이다.

한데, 자세히 보니 무성이 찾는 길이 천마벽이 있는 방향과 아주 가깝다. 만약 정말 무성이 진짜 천마벽을 찾는 것이라면?

두근!

혁만은 가슴이 크게 뛰었다.

신이 있던 장소를 직접 영접할 기회를 얻는다.

그런 기대감은 다른 후성구룡들의 마음에도 깊게 동화되어 가슴을 뛰게 만들었다

'여기가 정말 맞아?'

『맞다.』

'자꾸 길이 어긋나잖아!'

『천 년도 지난 곳이다. 방향을 찾는 것만으로도 대단한 일이지.』

무성은 속이 살짝 끓었다.

일단 무신과 천마, 두 절대고수의 유진이라도 빨리 수습할 요량으로 고민을 하던 도중, 천마가 자신이 말년을 보낸 장소는 어떠냐는 질문에 그러겠노라고 대답을 하고 후성구룡과 함께 산을 올랐다.

그런데 무성도 모르게 깜빡한 점이 있었다.

바로 시간이 너무 많이 흘러 버렸다는 것.

십 년만 하더라도 강산이 변한다는 말이 있을 정도인데, 하물며 천 년이 지난 지금은 오죽할까.

오히려 정확한 위치를 찾는다는 게 신기할 것이다.

게다가 천마는 탈마를 맞이한 후로 한 번도 그곳을 찾은 적이 없었던 모양이었다.

『굳이 내가 눈을 감았던 장소를 찾을 필요는 없으니까. 게다가 오랫동안 잠에 들기도 했고.』

무성은 아주 잠깐 동안 천마가 자신을 놀리는 것 같다는 기묘한 느낌에 사로잡혔다. 왠지 일부러 골탕을 먹이고 있는 것 같은 기분이다.

그러다 어느 장소에 도착하게 되었다.

황량한 협곡이 길게 이어지는 곳에서 유독 홀로 툭 떨어진 절벽이 하나 보인다.

그 절벽은 아주 컸다.

병풍을 늘여 놓은 것처럼 높다랗다고 설명한 다른 절벽들을 하나쯤은 위로 더 얹은 것처럼 끝도 보이지 않을 만큼 엄청난 높이.

특히 칼끝을 세운 것처럼 뾰족한 정상은 구름을 뚫고 튀어나와 엄청난 광경을 자랑한다.

보는 것만으로도 입이 떡 벌어진다.

무성은 일개 자연이 주는 엄청난 위용에 살짝 놀란 눈이 되었다.

마치 무신 백율이 자연으로 돌아오면 이런 느낌일 것이다. 끝을 모르고 이어지고, 모든 것을 압도하는 힘. 무성은 자기도 모르게 주먹에 힘이 실렸다.

하지만 정작 그의 눈길을 사로잡은 건 따로 있었다.

높은 절벽을 따라 길게 이어진 선(線).

아니, 균열이라고 해야 할까. 아니면 흔적이라고 해야 할까.

정상에서부터 밑동까지, 일직선으로 깔끔하게 떨어지는 선이 있다. 딱 보기에도 자연적으로 만들어진 것이 아닌 인위적으로 만들어진 흔적.

하지만 흔적을 낸 지 얼마 되지 않았는지 매끈하다. 주변으로 이어지는 균열도 없고, 세월의 풍파를 겪은 것 같지도 않다.

그러나 무성은 저 흔적이 천 년이 넘었다는 것을 알고 있었다.

『이곳도 오랜만이군.』

천마가 머릿속에서 가볍게 웃음을 흘린다.

"저게…… 천마흔(天魔痕)."

무성이 작게 중얼거린다.

그러자 옆에 있던 도강이 고개를 끄덕였다.

"천마께서 떠나시기 전에 자신의 이룩한 경지를 내보이려 남기셨다는 것이지요. 사실 이렇게 보고 있는 것만으로도 놀랄 뿐입니다. 응당 무도를 걷는 자라면 저것을 보고 뭔가를 깨달아야겠지만…… 볼 때마다 그저 찬탄만 흘릴 뿐입니다."

무성 역시 동의한다는 듯이 고개를 끄덕였다.

천마흔이 주는 충격은 그만큼이나 크다.

천 년도 넘는 세월 동안 꿈적도 않고 남아 있는 흔적이라니. 그것도 갓 어제 만든 것처럼 매끈하다.

천마흔은 절대 끊어지지 않는다. 옆으로 샌 흔적도 없다.

오로지 일수(一手)에 단번에 내려쳤다는 뜻이 된다.

무성으로서는 절대 엄두도 내지 못하는 경지다.

스승님이라면 가능할까? 아마 가능하시지 않을까 싶다.

문제는…… 대영반 진성황은 어쩌면 저것보다도 더 대단할지도 모른다는 사실이다.

'어떻게든 저 경지에까지 다다라야 해.'

무성은 일 년이란 시간을 두었다. 어떻게든 그 안에 저곳에 다다라야만 했다. 무신과 천마가 다다랐던 경지에 우뚝 서야 한다.

가능할까, 하는 의문 따윈 두어선 안 된다. 무조건 되게 만들어야만 한다.

무성은 한참 동안이나 서서 천마흔을 바라보다가 몸을 옆으로 돌렸다.

"마저 움직입시다."

그가 찾고자 하는 곳은 여기서 얼마 떨어지지 않았다.

이곳이 바로 천마벽의 입구였다.

무성이 도착한 곳은 천마흔이 새겨진 절벽의 중허리에 위치한 동굴이었다. 커다란 절벽에 비해 입구가 아주 좁고 그마저도 나무로 가려져 있어 외부에서는 발견하기가 쉽지가 않았다.

"천마흔에 이런 곳에 있었다니……."

"전혀 생각지도 못했어."

어렸을 때부터 줄곧 천마흔을 보며 무인으로서의 꿈을 꾸었을 후성구룡조차 동굴을 발견했을 땐 크게 놀랐다.

특히 혁만과 도강은 반쯤 넋을 잃었다.

무저갱처럼 시커멓게 이어지는 깊은 동굴. 그 속에 맺힌 그림자와 어둠을 보고 있노라면 가슴속을 찌르르 울리는 무언가가 있었다.

'아, 안에 뭔가가 있다!'

'대체 이 마기는……!'

다른 후성구룡도 두 사람만큼 깊게 느끼는 것은 아니지만, 동굴이 주는 어떤 것에 반쯤 홀렸다. 마치 천마흔에게서 풍기는 기운을 이곳에다 심은 것 같다.

아니, 천마흔의 기운이 바로 이곳에서 나오는 것이다.

이곳이다!

천마께서 눈을 감으신 성소가!

후성구룡은 선조들도 맞이하지 못한 영광을 자신들이 누릴 수 있다는 사실에 진한 희열을 느끼며 안쪽으로 발길을 들이려 했다.

하지만 무성이 손을 뻗어 그들을 제지했다.

"멈춰. 이대로 들어가면 위험해."

"무슨……!"

혁만이 무슨 소리냐며 버럭 소리를 지르려는 찰나,

쏴아아아악!

갑자기 동굴 안쪽에서 시푸른 무언가가 언뜻 드러났다가 사라졌다.

"무, 무, 뭐지?"

"괴, 괴물?"

그것은 마치 어둠 속에서 홀연히 빛나는 고양이과 짐승의 눈처럼 날카로웠다. 하지만 단언컨대 절대 짐승의 눈은 아니었다. 그들이 고작 한낱 축생에게 놀랄 일은 전혀 없을 테니.

오히려 보다 근원적이고 원시적인 어떤 것이다.

공포를 모르는 마인들을 두려움에 떨게 할 정도로 대단한 어떤 것.

무성은 짧게 한숨을 내쉬면서 허공에다 손을 뻗었다.

지이이이잉!

순간 대기가 길게 떨리면서 무성을 따라 영검이 떠오르며 손에 잡혔다.

후성구룡은 모두 침을 꼴깍 삼켰다. 여태 말로만 듣던 무형검을 보게 될 줄이야. 지금 밀천에 남은 사람들 중에 저런 경지가 가능한 사람은 아무도 없다.

"천 년이 넘는 세월 동안 천마흔을 본 사람이 한둘이 아닐 텐데, 그 수많은 사람 중에 정말 너희들이 말하는 성소를 발견한 사람이 없었을 거라 생각하나?"

무성이 내뱉은 말이 무슨 뜻인지 알아차린 혁만과 도강의 눈이 커진다.

"그, 그럼?"

"발길을 들이지 못하게 누군가가 막고 있단 뜻이지."

성소를 발견한 사람들은 모두 죽었단 뜻이 아닌가!

"여기서 기다려."

팟!

무성은 말을 남기고 동굴 속으로 몸을 날렸다.

그 순간,

쐐애애애애애액!

갑자기 무저갱처럼 깊은 어둠 속에서 무언가가 빠른 속도로 날아들었다.

챙!

무성이 그것을 옆으로 빗겨 친다.

날아든 것은 일정한 형체가 없었다. 마치 채찍처럼 흐물흐물거리는 것 같다가도 금세 어둠 속으로 녹아 사라진다.

대신에 이번에는 딛고 있던 땅에서 무언가가 솟구쳤다. 마치 검이나 창처럼 끝이 뾰족한 가시 다섯 개가 무성을 찌르려 했다.

무성은 몸을 크게 한 바퀴 돌리면서 영검을 세차게 내려쳐 어둠을 모두 잘라 버렸다.

땅! 땅! 땅! 땅! 땅!

하지만 부서진 조각은 천장으로 튀어 사라지고, 남은 가시는 땅속으로 다시 스며들었다.

안쪽에서 무성을 노리는 것 역시 이대로는 안 되겠다고 여겼는지 방향을 바꿨다. 이번에는 끝이 뾰족한 채찍 같은 것이 수없이 닥쳤다.

따다다다다당!

무성은 잇달아 그것을 쳐 내면서 발을 쉴 새 없이 놀렸다. 발이 땅에 닿을 때마다 쭉쭉 미끄러지면서 앞길을 가로막는 것을 모조리 쳐 낸다.

자르고, 튕기고, 가른다.

마치 덤불 숲을 헤치듯 달려가다 어둠 속에 있는 그것을 마주쳤을 때, 머릿속에서 천마가 크게 소리를 질렀다. 웬만한 일에는 꿈쩍도 않는 무성이 놀랄 정도로!

『역시나 있었구나!』

그것은 사람이었다. 비록 요요히 빛나는 한쪽 얼굴만 드러내고 나머지는 어둠에 잠겨 과연 사람이라 할 수 있을지 괴기스러운 형상이었지만, 녀석은 칠흑빛에 잠긴 팔을 높이 들어 무성의 영검을 막았다.

까가가가가강!

영검과 어둠이 부딪치면서 불똥이 수없이 사방으로 튄다. 덕분에 어두웠던 동굴 속이 환하게 밝혀지면서 후성구룡은 그제야 안쪽에서 무슨 일이 벌어지고 있는지를 깨달았다.

그러다 두 번 크게 놀랐다.

첫 번째는 아무도 없을 거라 생각했던 곳에 사람이 산다는 것.

그리고 두 번째는,

"처, 천마시여!"

그 사람이 영정으로만 내려오던 천마의 화상과 똑같이 생겼다는 점이었다!

"나의 육신아, 어찌 이런 곳에서 갈 길을 잃고 헤메고 있단 말이냐!"

『나의 육신아, 어찌 이런 곳에서 갈 길을 잃고 헤메고 있단 말이냐!』

천마의 구슬픈 외침이 무성의 육성을 따라 터졌다.

*   *   *

천마가 경지에 다다른 순간, 꿈꿨던 것은 하나였다.

신이란 도대체 무엇인가?

남들은 그를 가리켜 입신에 이르렀느니, 신화를 이뤘느니, 혹은 탈마를 성공했느니 하면서 칭송하기 바빴다.

하지만 천마에게 그런 건 아무것도 중요하지 않았다.

무도엔 절대 끝이 없다.

이것이 마지막인가 싶더라도 계속 올라서야만 하고, 그 너머에는 또 다른 벽이 존재한다.

하지만 아무리 수많은 벽을 넘어도 결국 인간은 인간.

수명이나 백 년 이상 늘어날 뿐. 혹은 육신이 탈바꿈될 뿐이지, 흐르는 세월을 거스르거나 할 수 있는 것은 절대 아니다.

전설 속에서나 언급될 신이란 존재가 직접 될 수는 없었다.

그래서 천마는 결심했다.

이 더러운 육신을 벗어 버리겠노라고.

육신 때문에 세월을 거스를 수가 없다면, 직접 영혼이 되어 윤회의 속박을 부숴 버린다면, 그래서 영생을 살고 이 세상에 지대한 영향을 끼칠 수 있다면, 그것이야말로 신이 아니겠는가!

하지만 이러쿵저러쿵하더라도 결국 결과는, 실패였다.

'천마는 훗날의 완전한 부활을 위해 혼과 백을 천마혼과 마령주로 나누었지만…… 그저 육신을 버릴 것으로만 여긴

탓에 이런 건 예상치 못한 거야.'

천마에게 있어 육신은 자유를 속박하는 감옥에 지나지 않았다. 신이 될 수 있는 영혼을 가둬 버린 하찮은 것으로 치부해 버린 것이다.

그래서 천마는 혼과 백을 정제할 때에도 육신에 대한 것은 크게 신경을 쓰지 않았다.

어차피 부활에 성공한다면 옛날의 잔재에 불과할 테고, 신으로서 각성을 이룰 때쯤엔 까마득한 세월이 지나 유골조차 남지 않을 것이라 생각했다.

하지만 그것은 천마의 크나큰 착각이었다.

천마는 두 가지를 간과했다.

한 가지는 자신이 쌓은 경지가 너무 높았다는 것.

다른 한 가지는,

'탈마가 불완전했다는 것.'

높은 경지를 이룩하면서 달라진 것은 영혼만이 아니다. 육신도 같이 변했다. 그런데 이것을 허물을 벗듯이 강제로 벗어 버렸으니.

영, 혼, 백. 육신으로서는 자신을 구성하는 것을 하루아침에 잃어버린 셈이 된다. 하지만 경지를 이룬 잔재는 진하게 남아 결국 갈 곳을 잃고 방황하게 되어 버렸다.

그 결과가 이것이다.

영혼이 떠난 자리에 홀로 남아 언젠가 돌아올 날을 간절히 기다린다.

다른 사람의 침범 따윈 허락할 수 없다.

어찌 인간 따위가 신이 머무는 성소에 함부로 발길을 들일 수 있단 말인가!

결국 천마의 육신은 누군가가 성소를 찾아올 때마다 베고 또 벴다. 그들이 자신을 숭배하는 존재인 줄은 꿈에도 모르는 채로.

쾅, 쾅, 쾅!

영검이 공간을 찢으며 날아든다.

녀석은 그림자를 칭칭 감은 채로 허공에다 수없이 팔을 흔들었다. 그럴 때마다 그림자는 쭉쭉 늘어나며 영검을 수없이 튕겨 냈다.

도리어 왼팔을 벽에다 꽂아 돌리니, 수없이 갈라진 그림자가 마치 촉수처럼 출렁거리며 무성을 사방에서 덮쳤다.

휘리릭!

무성은 영통안을 번뜩여 교묘하게 날아드는 그림자 촉수를 모두 읽으며 몸을 팽이처럼 회전시켰다.

따다다다다당!

영검은 일직선으로 달리면서 촉수를 베고 또 벴다.

하지만 그럴 때마다 촉수는 살짝 밀려났다가 두 개로 더 늘어나면서 다시 덮친다.

아지랑이처럼 출렁거리는 촉수는 마치 새끼를 치는 것처럼 자꾸만 숫자를 불리면서 무성을 막다른 곳으로 밀쳐 갔다.

무성은 영검을 수없이 뽑아내 마구잡이로 휘두르고 또 휘두른다. 그럴 때마다 쾅, 쾅, 폭발이 뒤를 따랐다.

'대체 어떻게 된 거지? 이건 천마의 무공이 아니야.'

무성은 천마혼을 받아들이면서 그 속에 담긴 수많은 무공을 엿보았다. 하지만 단언컨대 그 속에 이처럼 그림자를 다루는 것은 없었다.

이것은 무공이라기보다는 차라리 초능에 가깝다.

『육신은 절대 무공을 사용하지 못할 거다. 내공은 모두 뽑아 내가 따로 마령주로 만들었으니.』

'그럼 이건 뭔데?'

『아마 녀석은 이곳 자체와 그대로 동화가 된 것이 아닌가 싶다.』

'동화?'

『내 입으로 직접 말하는 것도 우습긴 하지만, 나에게 불가능은 존재하지 않으니까. 후후후후.』

천마는 이제 어느 정도 여유를 되찾은 모양이었다. 하지만 목소리엔 슬픔이 잔뜩 묻어난다.

아무리 여태 육신을 극복해야 할 것으로 치부했다고 한들,

살아 있을 시절에 한평생을 같이 했던 것이다. 탈마가 절반쯤 실패하면서 홀로 버려졌으니 얼마나 외로웠을 것인가.

거기다 녀석은 무성, 그 속에 있는 것을 읽은 것 같았다.

크아아아아아앙!

짐승처럼 울부짖는다. 이리로 오라면서 오열을 터뜨린다. 녀석이 악착같이 그림자를 뿌리며 무성을 잡으려고 하는 것도 모두 그 때문이다.

자신의 영혼이 누군가에게 갇혔다고 생각하는 것이다. 그래서 그걸 되찾으려 한다.

본능만이 남은 짐승은 이쪽으로 손짓을 한다.

『미안하구나. 하지만 오랜 세월이 지난 만큼 이미 나와 네 사이엔 너무나 먼 길을 걸었도다. 돌아간다 한들, 한낱 부스러기밖에 더 되겠느냐?』

천마는 녀석에게 들리지 않을 씁쓸한 말을 던지고는, 무성에게도 당부를 남겼다.

『이것을 잡지 못한다면……』

"알아. 나도."

천마가 하려는 말은 쉽게 알 수 있다.

무성의 눈이 차갑게 번뜩였다.

"내 한계가 되어 버린다는 뜻이겠지."

이 너머에는 천마가 살아생전에 남긴 것들이 있다. 하지만 그것을 얻으려면 자격을 갖춰야 한다. 그 자격이란, 육신조차 이기지 못하고 어떻게 강해지기를 바라느냐는 것.

무성은 영검에다 공력을 잔뜩 불어 넣었다.

지이이이이이잉!

영검이 다른 어느 때보다 크게 빛을 발한다. 하얀빛이 동굴 내부를 환하게 비추면서 그림자를 조금씩 물리치기 시작한다.

무성은 오로지 신기만으로 그림자에 대응했다. 마기를 뽑으면 더욱 녀석을 자극할 뿐이었다.

더군다나,

'천마혼을 제압할 방법을 구하러 왔으면서, 육신에게 져 버린다면 뒷일은 기대도 할 수 없을 테니까!'

콰아아아앙!

무성은 전력을 다해 몸을 날렸다. 밖으로 새어 나온 기운들이 실타래처럼 엮이며 영검이 된다. 도합 열 자루의 영검이 그림자를 베어 나간다.

쿠쿠쿠쿠쿠쿠쿵!

그럴 때마다 그림자는 다시 갈라지면서 영검을 덮치지만, 무성에게도 방법이 있었다.

파산검훼!

영검이 수십 수백 개로 잘게 부서지며 파편이 튄다. 도합 열 자루의 영검이 부서지면서 사방으로 흩어지며 단숨에 그림자를 발기발기 찢어 버린다.

아주 잠깐이지만, 무성과 녀석 사이로 훤하게 길이 드러났다.

한쪽 눈을 제외하고는 대부분이 어둠에 가려졌던 녀석은, 영검이 내뿜은 빛 때문에 그림자가 밀려나면서 모습이 완전히 드러났다.

살갗이 뼈에 앙상하게 말라붙었다. 두 눈은 퀭하게 내려앉아 눈동자만 움직일 뿐, 근육이 없어 그림자 없이는 움직이지도 못하는 듯했다.

목내이(木乃伊, 미라)의 몰골이 안타깝기만 하다.

『…….』

천마의 짙은 시름이 느껴졌다.

하지만 어느새 넝마가 된 그림자가 다시 형체를 복구하며 녀석을 다시 덮어 온다.

무성은 완전히 가려지기 전에 간극을 바짝 좁혔다.

녀석이 흠칫 놀라 뒤로 물러선다. 등 뒤에 있던 그림자가 녀석을 보호하기 위해 해일처럼 크게 일어났지만, 그보다 먼저 무성의 손아귀가 녀석의 안면을 틀어쥐었다.

손가락 틈 사이로 녀석의 눈동자가 크게 뜨인다.

그러면서 한마디를 묻는다.

'왜?'

무성은 그 의문에 한 가지 답밖에 해 줄 수 없었다.

"내게 깃들라."

퍼석!

악력에 힘을 잔뜩 주니 머리가 마치 모래알처럼 가볍게 부서진다.

그림자에 빌어 겨우 형상을 유지하고 있던 녀석은, 결국 한꺼번에 밀려오는 세월을 감당하지 못했다.

파스스스⋯⋯.

균열은 육신 전체로 퍼져 그대로 툭툭 떨어져 내린다.

녀석과 연결되어 있던 그림자는 괴로운 듯이 벽면을 따라 몸부림을 쳤다. 마치 풍랑이 이는 바다처럼 이리저리 들썩이기만 하지만, 무성에게는 가소로울 뿐이었다.

이 역시 천마의 육신처럼 그가 거둬야만 할 힘이었으니까.

"내게 깃들라!"

천마의 힘을 담아, 그렇게 명령을 내린다.

그러자 거짓말처럼 크게 출렁거리던 그림자가 얼어 버린 것처럼 정지한다.

그러다 벽면과 땅바닥을 따라 잘게 찢기며 천천히 한쪽으로 움직이기 시작했다. 그곳엔 무성의 그림자가 닿아 있었다.

그림자는 무성의 그림자 안쪽으로 빨려 들어갔다.

그럴 때마다 무성의 단전에도 마기가 자꾸만 불어났다. 그렇지 않아도 마기를 주체하지 못해 고생하는 판국에 더 많은 마기를 밀어 넣어 버리다니.

더군다나 그림자의 양은 생각했던 것 이상이었다.

'크으으으윽!'

무성은 몸이 짜부라질 것 같은 고통에 이를 악물었다. 눈가에 핏대가 잔뜩 선다.

근육이 잔뜩 경직되며 몸이 뻣뻣하게 굳는다. 기맥은 넘쳐나는 마기를 버티지 못하고 풍선처럼 팽팽하게 불어 금방이라도 터질 것처럼 굴었다.

이를 막기 위해서 신기가 급격하게 일어났지만, 급속도로 팽창하는 마기의 폭주를 거스를 수 없었다. 도리어 신기가 맡던 자리까지 밀고 들어오면서 혼명이 겨우 만들어 놨던 균형이 깨지기 시작했다.

생각보다 너무나 많은 양이다.

도리어 천마혼을 하나 더 송두리째 삼킨 기분이었다.

『이 녀석이 홀로 살아오면서 끌어모은 기의 양이 많다는 뜻일 거다. 하물며 이곳은 내가 탈마를 이뤘을 만큼 마기가 풍부한 장소이니…….』

'제길……!'

『버텨라. 이겨라. 그러고서야 어찌 밀천의 주인이 된다고 할 수 있단 말인가?』

'닥쳐!'

무성은 속으로 천마에게 크게 일갈을 하고는 억지로 걸음을 옮겼다.

안쪽에 천마가 머물던 곳이 있다.

그곳이라면 어떤 해답이 있으리라.

저벅. 저벅.

무성이 억지로 안쪽으로 걸음을 옮겼다.

뒤에서 무성이 싸우는 것을 지켜보고만 있던 후성구룡은 크게 놀란 눈빛이었다.

무성이 천마혼을 발휘했을 때도 크게 놀랐지만, 이것은 그 정도를 넘어섰다.

성소에서 천마의 육신을 받아들이다니.

그 모습이 마치 천마의 선택을 받은 것처럼 느껴져 정신을 홀연히 잡아당기는 무언가가 있었다.

"아, 아까 전에 그건……?"

"……일단 쫓아가 보자. 저대로는 위험할 것 같으니까."

아홉 사람은 술에 취한 사람처럼 자꾸만 비틀거리는 무성의 뒤를 바짝 쫓았다. 하지만 어느 누구 하나 무성을 부축해 주거나, 도와주기 위해 나서질 못했다.

마치 그 모든 걸 거부하듯, 무성을 중심으로 쉽게 범접할 수 없는 무언가가 있었다.

　더군다나 무성을 주변으로 뱅글뱅글 맴도는 마기를 보고 있노라면 부러우면서도 어떤 위압감이 들었다.

　그렇게 간격을 떨어뜨린 채 들어가길 한참.

　그들은 드디어 성소의 중심에 도착할 수 있었다.

第四章

일결(一缺)

기대와 달리 성소는 별다른 것이 없었다.

백 명가량을 수용할 수 있을 것 같은 큰 공동이 전부다. 누구 하나 산 흔적은 보이질 않는다. 심지어 박쥐나 쥐의 흔적도 없었다.

공동을 따라 도도하게 흐르는 짙은 마기 때문에 다가올 생각을 못 한 것이리라.

"이런 곳에 마경(魔境)이 있다니."

"놀라운걸."

후성구룡은 살짝 넋이 나간 얼굴이었다. 다른 이유 때문이 아니라 흥분 때문이다. 몇몇은 침을 꼴깍 삼키면서 여기서 수

런을 하고 싶은 의사를 내비치기도 했다.

"더도 덜도 말고 딱 일 년만 지낼 수 있으면……!"

"몇 단계 이상은 뛰어넘을 수 있겠어."

이런 곳은 마인에게 있어 기연이라 할 수 있다. 열양공을 익힌 사람이 밀림 지대에서, 빙한공을 익힌 사람이 북해에서 수련의 진척이 빠르듯이, 마인에게는 마경이 필요하다.

하지만 열양공과 빙한공이 환경만 맞으면 갖춰지는 것과 다르게 마경은 그런 장소를 찾기가 너무 힘들어 골치가 아프던 차에 이런 곳을 발견했으니.

"그런데 련……주는 뭘 보고 있는 거지?"

아직 무성을 천주라고 인정하지 못한 까닭에 후성구룡은 무성을 련주라 칭하면서 가만히 살폈다.

무성은 가만히 한쪽 벽을 살피는 중이었다.

겉으로 봐서는 별다른 특징이 없는 벽.

아니, 특징을 한 가지 꼽으라 한다면,

"벽이 너무 매끈하지 않아?"

"아냐. 아주 희미하지만 뭔가 적혀 있어."

혁만과 도강은 무성을 따라서 살피다가 크게 헛바람을 들이켰다.

"헉!"

"저, 저건……!"

그러더니 갑자기 무릎을 꿇고 고개를 숙인다.

다른 후성구룡은 눈을 끔뻑끔뻑 떴다.

"대체 왜 그래?"

"너희에겐 보이지 않는 거냐?"

도강이 침을 꼴깍 삼키며 그들을 돌아본다. 그의 눈동자가 크게 흔들리고 있었다.

"천마께서…… 남기신 심득이다."

"뭐?"

후성구룡은 그제야 두 눈을 부릅뜨면서 벽면을 쳐다봤다. 하지만 매끈한 석벽은 세월의 풍파 때문인지 도무지 알아먹기가 힘들다.

대체 어디에 그런 게 있냐면서 따져 물으려던 자들은 입을 꾹 다물고 말았다.

도강이 말한 천마의 심득이란, 글자가 아니었다.

벽면을 따라 길게 새겨진, 아주 희미한 홈들.

천장에서부터 바닥까지 구불구불하게 그려진 홈은 절대 끊어지는 것이 없이 일정한 굵기와 깊이를 따라 단번에 그려지고 있었다.

그것은 천마흔의 축소판이었다.

다만, 천마흔이 천마가 자신의 무위를 측정하기 위해 남긴 것이라면, 이것은 심득을 정리하기 위해서 표현한 것이라 할 수 있었다.

세월이 흐르면서 무공도 변한다고는 하지만, 성인(聖人)의 가르침은 무수히 많은 세월이 지나도 새로운 영감을 계속 던져 주듯이, 천마의 심득 또한 후성구룡에게 또 하나의 길을 제시해 주었다.

이것이 바로 무성이 약속했던 천마의 가르침이다.

후성구룡은 한참이나 거기에 흠뻑 빠져들고 말았다.

『이걸 다시 보게 될 줄이야.』

천마의 혼잣말을 흘려들으며, 무성은 가만히 홈을 살피고 또 살핀다.

그의 머릿속에는 일대 격류가 휘몰아치고 있었다.

여태 알고 있던 모든 것들이 크게 일어났다가, 잘게 부서지고, 다시 조립되었다가, 또다시 부서진다.

'역시…… 천마야.'

무성은 천마의 위대함을 또다시 절실하게 실감했다.

그동안 그는 혼명을 통해 결을 엿보면서 많은 무공의 핵심을 흡수했다. 덕분에 머릿속에는 셀 수도 없는 무리(武理)가 산재해 있었다.

소림, 무당, 화산을 위시한 구대문파를 비롯해, 홍운재 장로들의 무공, 검존, 살존, 그가 거쳤던 야별성의 여러 문파들까지.

마음만 먹는다면 세상에 내로라하는 절대무경과 신공절학들을 펼칠 수가 있었다.

하지만 천마는 그보다도 더 위에 있었다.

세상 위에 우뚝 서서 산재한 모든 무공, 그 위에 올라서서 내려다보고 있었다.

과연 만류귀종이라는 걸까.

특색, 성질, 종류, 저마다 다른 특징을 자랑하는 것들이 이선 하나에 모두 담겨 있다. 아니, 그 이상을 넘어서서 또 다른 길을 보여 주고 있었다.

덕분에 무성은 여태 자신이 쌓았던 모든 것들이 가루처럼 바스라지는 것을 절실히 느껴야만 했다.

그뿐만이 아니다.

퍼걱. 퍼걱.

체내에 쌓았던 것들도 같이 부서진다.

가장 먼저 천마혼이 부서지고, 마기가 깨진다. 이어서 영목이 무너지고, 대륜이 부서지고, 상단전이, 중단전이, 하단전이 차례대로 깨지면서 신기도 서서히 흐트러진다. 나아가서는 혼명도 으깨지고 말았다.

파스스스……

무성이 여태껏 쌓아 올린 모든 것들이 사라진다.

그를 상징하던 붕익신마기는 더 이상 흔적조차 찾아보기가 힘들다.

탄탄했던 근육이 착 가라앉고, 골격이 조금 움츠러든다. 언제나 두 눈에 단단히 맺혔던 귀화도 사그라진다.

평범한 인간으로 전락해 버린다.

무공을 모두 상실했다.

보통 무인이라면 기겁을 하고도 남았을 상황.

하지만 무성은 홈에 집중을 하느라, 신변에 어떤 변화가 가해졌는지 눈치채지도 못했다.

『이것조차 이겨 낼 자격이 없다면, 그대는 내게서 그 어떤 것도 가져갈 수 없으리라.』

천마의 이 말은, 따지자면 예언과도 같았다.

전혀 생각지도 못했던 경지와의 만남은 좌절을 주고 모든 것을 강탈해 버린다. 이것을 극복해 빼앗긴 것을 되찾지 못한다면, 아니, 그 이상으로 도로 빼앗지 못한다면 이곳에서 쓸쓸하게 굶어 죽어야 할 것이다.

'이건 따지자면 또 다른 결이야. 내가 엿보지 못했던 결. 언제나 하나로 합치고 싶었던, 세상을 가로지르는 결인 거야.'

무성은 홈을 한참 동안이나 눈여겨보면서 이것이 의미하는 바를 조금씩 눈치챘다.

그가 여태껏 보고 싶었던 것이 그곳에 있다.

묵혈관법을 이용해 결을 수없이 줄이는 방법을 강구했어도 다섯 개 이상 줄이질 못했다. 그런데 천마는 이것을 하나로 이어 버렸다.

세상을 가로지르는 결이란, 만물을 구성하는 결이다.

삼라만상의 중심인 것이다.

이것을 손에 넣을 수만 있다면……!

화아아아악!

무성은 묵혈관법을 활짝 열었다. 무공을 잃었다고는 하지만, 의숙 한유원이 자신에게 남긴 것은 절대 무공이 아니다. 세상을 바라보는 관점이다.

그 관점을 따라 홈을 살피고 또 살핀다.

그러면서 심상 세계에다 똑같이 그려 본다.

쭉 이어지다 도중에 뚝 끊긴다.

그럼 모두 지워 버리고 다시 집중한다.

그린다. 아까 전보다 조금 더 그릴 수 있다. 하지만 방향을 꺾어야 하는 지점에서 획이 틀려 어긋나 버린다.

아주 미세한 차이지만 다시 지워 버리고 처음부터 다시 그리기 시작한다. 점 하나, 선 하나, 굵기 하나, 방향 하나, 모두 틀리지 않으려 노력한다.

틀린다고 해서 다시 그리는 것은 상당한 수고를 필요로 한다. 점 하나 찍는 것도 힘든 판국에 처음으로 되돌아가는 건 그만큼 힘들다.

체력적으로도 정신적으로도 막대한 소모다.

다리가 후들후들 떨리고 팔이 저려 온다. 식은땀이 줄줄 흘러내린다. 무공을 잃은 평범한 몸으로 이만큼 집중하는 건 너무나 힘들기만 했다.

하지만 예나 지금이나 무성에게 있어 가장 큰 무기는 바로 '악'이었다. 악을 쓰며 버틴다. 이를 악물며 시선을 놓지 않는다.

그리고, 또 그리며, 다시 그린다.

그리고 마침내 선을 완성했을 때, 무성은 거기서 만족하지 않고 다시 처음으로 돌아갔다.

'더 빨리. 버벅대지 않고, 망설임 없이 단번에 그려낼 수 있어야 해. 천마처럼.'

하지만 익숙해지기 시작한 것은 두 번 다시 실수하지 않는다.

하나를 그리고, 둘을 그리고, 셋을 그리며…… 헤아릴 수도 없을 만큼 너무나 많은 선을 그렸을 때.

무성은 드디어 단번에 선을 그을 수 있었다.

'됐어……!'

무성이 심상 세계를 벗어나 다시 바깥세상을 돌아봤을 때, 묵혈관법에 맺힌 것은 단 하나밖에 없는 결이었다. 그 결은 벽에 그려져 있었다.

그 순간,

퍼퍼퍼퍼퍼펑!

머릿속에서 무언가가 터져 나갔다.

"아아!"

무성은 자기도 모르게 황홀에 젖어 탄성을 터뜨리고 말았다.

환희가 물밀 듯이 찾아온다. 황홀이 수없이 닥친다. 희열에 휩쓸렸다가 이대로 익사해 버리는 것이 아닐까 싶을 정도로 격한 감정이다.

잘게 부스러졌던 것들이 하나로 합쳐진다.

상, 중, 하, 세 개의 단전에 경계선이 사라지면서 하나로 맞물린다. 거기엔 혼명이 완전히 자리를 잡아 따리를 틀고 영목이 자랄 수 있는 바탕이 된다.

단전의 일통(一統)!

그것만 하더라도 대단한 일인데, 그 위로 영목이 무럭무럭 자라나기 시작한다. 천마혼을 비롯해 언제나 주체할 줄 몰랐던 모든 마기가 거기에 맺히면서 혼명에 서서히 종속되어 간다.

여태 무성은 여러 번의 환골탈태를 겪으면서 완벽한 육체를 갖췄다.

하지만 그것은 어디까지나 근골만 그러할 뿐. 속은 여전히 모자랐던 부분이 육신을 따라가면서 세맥과 기혈이 하나로 연결되어 버린다.

무성이 다시 눈을 떴을 때,

번쩍!

더 이상 귀화가 아닌 신광(神光)이 크게 번뜩이며 동굴 안을 환하게 밝혔다.

무성은 그제야 현실 세상으로 돌아와 자신의 몸 상태를 확인했다.

'달라……졌다.'

사실 따지고 보면 크게 달라진 점은 없었다. 그저 여러 개로 구분되었던 기운의 소통이 이젠 완벽히 하나로 연결되었다는 점이다. 신기와 마기의 구분 없이 혼명에 통합되면서 혼원지기 하나만이 남았다.

특히 하나의 결을 획득하면서 천마혼에 대한 이해도도 넓어져 여태껏 불편하기만 했던 것이 완전히 자리를 잡은 느낌이었다.

『올라……섰군. 내가 있던 곳까지.』

천마는 그런 무성을 보면서 묘한 느낌이 들었다. 그건 어쩌면 질투라고 할 수도 있었다. 자신은 평생을 들여 다다른 경지에 무성은 엿보는 것만으로도 훌쩍 다다르고 말았으니.

마령주, 천마혼, 심지어 육체가 천 년 동안 가졌던 모든 마기가 무성에게 종속되었다. 그것만 따지고 본다면 살아 있을 시절의 자신도 따라가지 못하리라.

하지만,

"아직 멀었어."

무성은 단호하게 고개를 저었다.

이것으로는 모자라다.

여기까지 오고 나니 더 확실하게 알 것 같다.

진성황이 닿은 경지는, 인간의 것이 아니다.

『그래. 그만한 인간이 어째서 여태 세상에 모습도 비치지 않고 황실의 개로만 존재하는 건지 모르겠지만. 갈 길이 멀기는 하지.』

무성은 생각했다.

'천마의 것은 모두 수습했어. 그렇다면 남은 건……'

『무신의 것인가?』

천마가 중얼거리면서 웃는다. 아주 차갑게.

『그렇다면 도와주마. 때마침 좋은 것도 있고 말이야.』

바로 그때였다.

<u>스스스스.</u>

공동 내부를 따라 흐르던 마기가 갑자기 폭풍처럼 휘몰아치기 시작한다. 그것은 벽면을 따라 천장으로 거슬러 올라가

면서 소용돌이를 그리기 시작한다.

"저게 너로 하여금 영생을 살게끔 한 것인가?"

『그래. 계속 살면서 경지를 개척하다 보면 언젠간 넘어설 수 있을 거라 여겼으니.』

사실 천마는 어느 누구보다 절실히 신이 되고자 했다. 이 세상을 떠나 천상으로 오르려고 했다. 하지만 무언가가 그를 가로막으며 이 세상에 남게끔 만들어 버렸다.

혹자는 그곳을 가리켜 지옥이라고 하기도 하고, 나락이라고도 하며, 저승이라고 하기도 한다. 혹은 아무것도 없는 세상이라 하고, 모든 것이 있는 세상이라고도 한다.

하지만 분명한 건 삼라만상, 그 너머에 존재하는 어떤 것이란 것이다.

스르르르!

소용돌이 사이로 길쭉한 선이 그어지더니 좌우로 활짝 열린다.

그것은 눈이었다.

저쪽에서 이쪽을 엿보는 어떤 존재들의 눈.

천마의 육신이 썩지 않고 이곳에 남게 된 것도 모두 저들이 남긴 여파 때문이다. 공동을 마경으로 만든 마기의 원래 주인이기도 하다.

마치 벚꽃이 꽃망울을 터뜨리는 것처럼 곳곳에 수십 개의 눈동자가 천장에 맺히며 무성을 내려다봤다.

"저게 도대체 뭐지?"

『신(神).』

천마는 그것을 가리켜 단호히 그렇게 말했다.

『나보다 훨씬 앞서서 하늘 위에 올라섰으나 영락해 버린 존재들이다.』

"뭐?"

무성이 놀란 눈이 되어 버린다.

신화(神化)를 이루다 영락해 버렸다?

신화란 불가에서 말하는 해탈, 혹은 도가의 등선과 같다. 결국 그 말인즉, 저들은 해탈과 등선을 이루려다가 실패한 자들이란 뜻이다.

『저들은 하늘로 통하는 관문에 앉아 누가 시키지 않았는데도 불구하고 수문장 역할을 한다.』

"동기가 불순하네."

『불순하다라…… 그리 말하면 저 친구들이 아주 좋아하겠군.』

천마의 웃음소리가 머릿속으로 울려 퍼진다. 하지만 저들을 향한 증오는 사그라지지 않는다.

'탈마를 막는 존재라.'

무성은 눈을 가느다랗게 좁혔다.

저들은 자신들과 똑같은 존재를 만들어 내려 한다. 어쩌면 유령이라 해도 좋고, 악마라 해도 좋으며, 세상의 그림자라 해도 좋을 것이다.

어찌 되었건 간에 저들은 천마를 막아선 존재란 뜻이다.

저들이 이곳에 나타난 이유도 잘 알 것 같다.

'나를 막기 위해.'

무성이 하늘 위로 오르려는 것을 막기 위해 나타난 것이다.

그 말인즉,

'저들을 이겨야만 천마의 경지를 넘어설 수 있다.'

그리고…… 신화로 향할 수 있다.

지이이이이이잉!

무성의 손을 따라 영검이 나타나 길게 몸을 떤다.

기운이 폭풍이 되어 휘몰아치기 시작한다. 마기, 신기, 그 어디에도 속하지 않은 혼원지기가 뱅글뱅글 몸을 따라 돌면서 영검의 끝에 서서히 맺힌다.

'저들이 걸리긴 하지만……'

무성은 힐끗 뒤쪽을 보았다.

후성구룡은 천마의 흔적이 주는 충격 때문인지 저들끼리 모여 앉아 깊은 명상에 잠겨 있었다. 깨어날 기미는 어디에도 보이지 않았다.

자칫 저들에게 피해를 줄 수도 있지만, 지금은 이쪽이 더

급하다.

'가만히 있을 수도 없는 노릇이니!'

무성은 몸을 크게 뒤틀면서 영검으로 허공을 그었다.

스윽!

영검이 공간을 갈라 버린다. 단층을 따라 공간이 분리되면서 연장선에 놓였던 눈도 같이 뒤틀려 사라진다.

끼아아아아!

정체를 알 수 없는 귀곡성과 함께,

콰콰콰콰콰콰!

눈동자에서 무언가가 툭툭 튀어나와 무성에게로 쇄도해 들어간다. 인간의 형상을 띠고 있으나, 정체를 알 수가 없는 그림자다. 얼굴 부위 중심에는 원래 녀석들을 상징하던 눈동자만이 달려 있었다.

퍼퍼퍼퍼펑!

신화나 전설 속에서나 나올 법한 귀신들이다. 세간의 상식으로는 도저히 존재가 불가능할 것 같은 자들.

하지만 무성은 녀석들에게서 익숙한 냄새를 맡았다.

'천마혼.'

천마의 영혼 역시 흉신악살의 형상을 띠며 도저히 인간의 영혼이라는 느낌이 없지 않은가!

한 녀석이 손을 구부리며 마치 짐승처럼 거칠게 할퀸다. 동작은 단순하지만 절대 결과는 그렇지 않았다. 공간이 쩌거걱 갈라지면서 연장선에 있던 모든 것들이 잘려 나가 버린다.

무성은 그것을 피하는 대신에 몸을 틀었다.

휘리릭, 팽이처럼 돌면서 영검을 휘두른다.

상대가 공간을 갈라 버린다면 이쪽은 도리어 그것을 잘라 반격을 꾀한다는 뜻에서였다.

콰쾅!

영검이 질주를 하면서 공간 위에 난 상처를 반대로 덧칠을 해 버린다. 갈려 나가던 공간이 도리어 부서지면서 와장창, 유리가 깨지는 소리가 울린다.

그 틈 사이로 영검이 비집고 들어가면서 녀석의 가슴팍을 찔러 버린다.

콰콰쾅!

아주 잠깐 녀석의 눈동자가 파르르 떨린다 싶더니 갑자기 몸과 함께 폭죽처럼 터져 나간다.

파스스스……

그러자 신기하게 녀석을 이루고 있던 마기가 잘게 부서진다.

그때 주변에 있던 다른 녀석들이 갑자기 고개를 든다. 하나밖에 없는 눈가 아래로 기다란 포물선이 그어지더니 턱이 쩍하고 벌어진다.

녀석들은 동료가 남기고 간 마기를 한껏 들이켰다. 그리고 덩치가 커져 버렸다.

'이거였구나. 녀석들이 한데 뭉친 이유가.'

무성은 그제야 놈들이 왜 하늘로 향하는 문가에 뭉치고 앉았는지를 알 것 같았다.

녀석들은 기다리고 있었던 것이다.

하늘로 오를 수 있는 힘을 얻을 때만을!

힘이 부족해 하늘을 오를 수 없다면 남이 갖고 있는 걸 빼앗아 버리면 그만이다. 그러고도 부족하다면 더 빼앗고 또 빼앗아 부족한 양을 채워 버린다.

그런 이들의 눈에 천마란 아주 맛난 먹잇감일 것이다.

천 년을 넘도록 세상을 살아온 잘 영글어진 열매.

탐스럽기 짝이 없는 열매를 먹을 수만 있으면 충분히 하늘로 오를 수 있을 테니.

더구나 거기에 하나가 더 얹어졌다.

지금 신화를 엿보고자 하는 무성이란 존재가.

'하지만 그것을 반대로 이야기한다면……!'

무성의 생각은 오래가지 못했다.

쐐애애애애액!

주변을 수없이 맴돌면서 기회를 엿보던 그림자 세 개가 서로 다른 곳에서 몸을 던진다. 공간이 사방에서 찢겨 나가면서 시야를 가득 흔들어 버린다.

짙은 마기의 냄새가 확 풍겨 온다.

여기서는 천마의 무공을 절대 선보일 수 없다. 저들 중 살아 있을 시절에 천마보다도 더 뛰어난 마인이 없으리란 법이 없잖은가.

하지만,

'스승님의 무학은 다르지.'

무성은 찢겨 나간 공간의 틈새로 왼손을 뻗었다.

무신의 무학은 기존 무공과는 궤를 달리하는 것. 당연히 이와 같은 길을 걸은 사람은 없다. 이 말은 저들을 누를 수도 있다는 뜻이다.

무신팔법, 오 초. 신무화랑(神武花朗)!

왼손이 빛무리에 잠긴다 싶더니 그대로 터져 나간다. 빛무리는 마치 꽃잎 같았다. 앵화(벚꽃)가 꽃망울을 터뜨리는 것처럼 수십수백 개의 꽃잎이 아래로 떨어졌다.

아름답지만 하나하나가 강기로 이뤄진 꽃잎들은 찢겨진 공간을 말끔히 덮어 버린다. 공간 곳곳에 남았던 짙은 마기가 거짓말처럼 녹아 버린다.

그 사이로 왼손이 파고든다.

바람이 한껏 꽃잎들을 흩날리면서,

퍼퍼퍼퍼퍼펑!

폭죽처럼 연달아 터져 나간다.

무성을 노리고자 하던 놈들의 가슴팍에는 저마다 붉은 꽃을 연상케 하는 장인(掌印)이 짙게 남아 있었다. 그리고 쩌거걱하는 소리와 함께 무너져 내렸다.

다른 녀석들이 흩어진 마기를 삼키려 다시 아가리를 벌린다.

무성은 그런 놈들에게로 몸을 날렸다.

팟!

이번에는 왼손에도 영검을 꽉 쥔다. 양손을 활짝 펼친 모습은 마치 대붕이 일어나기 위해 크게 날갯짓을 하는 것처럼 아름답다.

놈들이 마기를 삼키는 데 정신이 팔린 사이에 대붕은 놈들의 사이를 단숨에 누비고 다녔다.

콰콰콰콰콰콰!

영검이 한 놈의 목을 베고, 팔을 베고, 허리를 베고, 귀를 베어 버린다.

단순히 내긋는 것처럼 보이지만 놈들을 이루고 있던 존재 자체가 터져 나간다.

일결(一缺).

무성이 묵혈관법과 영통안으로 보는 단 하나의 결로 이뤄진 세상은 신이 영락했다는 경지의 녀석들에게도 절대 다르지 않았다.

심상 세계에서만 그렸던 일결을 직접 손으로 그려내면서 쉴 새 없이 놈들을 베어 버린다.

옆구리를 노리는 자는 뱅그르르 뒤로 돌아가 등을 베어 버리고, 높이 도약해 정수리를 노리는 놈은 도리어 영검을 높이 들어 목을 찍어 버린다.

퍼퍼퍼퍼펑!

무성은 일결을 완벽히 몸에 체화시켜 나갔다. 그리고 거기에 무신팔법을 서서히 녹여 간다

'스승님의 무공은 화려하다. 하지만 난 그러질 못해.'

무신은 크다. 덕분에 그가 자랑하던 무신팔법도 거창하고 화려하다. 보는 이로 하여금 탄성을 불러일으키고, 언제나 그 결과는 대단하다.

하지만 따지자면 무성은 그렇지 못하다.

자객이 되기 위해 무공을 익히면서 극한의 효율만을 따진다. 그래서 일결을 보고자 했다.

따지자면 무신팔법은 어울리지 않는 옷과 같았다.

그래서 무성은 무신팔법을 바꿔 버렸다.

만약 스승님이 살아 돌아오신다면 무슨 말씀을 하실까 궁금하지만…… 어쩔 수 없다면서 웃어 버린다.

쉭! 쉬쉬쉬쉬쉭!

무성은 땅을 세게 밟으며 영검을 잇달아 휘둘렀다. 가르고, 가르고, 또 가른다. 연속적으로 튀어 나간 영검은 순차적으로 무신팔법을 펼쳐 나간다.

하나에 한 녀석을 베어 나간다. 하나에 일결을 담는다.

도합 여덟 개의 결이 이어진다.

목이 튄다. 팔이 튄다. 상반신과 하반신이 분리되어 나간다.

여덟 개의 초식을 모두 완수했을 때쯤에 무성은 무신팔법을 도로 반대로 전개했다. 팔법에서 일법까지. 순서를 바꿔 버린다.

남들이 봤으면 무식하다고 할 수 있는 방법이지만, 위기 시에 펼치는 만큼 집중력은 더 커진다.

무신팔법의 구성 원리를 고스란히 깨달아 간다.

그 속에 숨은 무신의 생각을 읽어 나간다.

'아! 스승님은…… 역시 하늘이 되고자 하셨구나.'

그리고 무신팔법을 하나하나씩 깨달아 갈 때마다 무성은 흠뻑 젖어 들었다.

무신은 하늘을 구성하는 원리를 팔법에 담고자 했다.

일법에는 구름을, 이법에는 비를, 삼법에는 바람을, 사법에는 벼락을, 오법에는 우박을, 육법에는 눈을. 일법에서 육법까지는 호풍환우의 원리를 담아 버린다.

이어서 칠법에는 이 모든 것을 한데 담아 태풍을, 팔법에는 한데 축약을 한 소용돌이를 담는다.

콰릉! 콰릉! 콰릉!

퍼퍼퍼퍼펑!

영검을 따라 뇌기가 뛴다. 소나기가 내린다. 강풍이 휘몰아친다. 된서리가 내리고, 구름이 잔뜩 끼며 그림자를 녹여 버린다.

무성은 이 순간 정말 신이 되어 있었다.

하늘을 맘껏 다루고자 하는 신이.

덕분에 그림자가 빠른 속도로 줄어 나간다.

반대로 마기가 쉴 새 없이 터져 나가면서 다른 놈들의 배만 불려 나간다.

물론 무성도 위험하지 않은 것은 아니었다.

콰직!

두 녀석의 목을 뎅강 날려 버리는 그때, 갑자기 빈틈을 노리고 한 녀석이 두더지처럼 아래에서 불쑥 튀어나왔다. 사법이 그려 낸 벼락을 찢어 버리면서 어깨로 무성의 명치를 찍어 버린다.

"크으으윽……!"

무성는 영검의 방향을 꺾어 녀석의 머리를 잘라 버렸지만, 대신에 무성의 복부에도 짙은 자국이 남았다.

호풍환우를 부리는 데 정신이 팔린 나머지 아주 잠깐이지만 감각을 놓쳐 버린 거다.

'제길! 방심했어!'

이로써 남은 상처는 모두 다섯 개. 문제는 마치 살갗이 눌어붙은 것처럼 피는 흐르지 않고 시커멓다는 점이다. 그리고 점차 썩어 들어갔다.

썩은 내가 풍긴다.

이대로 두면 몸이 엉망이 될지도 모른다.

『네가 방심한 게 아니다. 놈들이 서로 먹고 먹히면서 강해진 거지. 지금이라도 물러나라. 아직 시간은 많아. 다음을 노려라.』

남은 녀석은 다섯.

확실히 상처를 모두 치료하고 나서 깨달은 바를 정리하고 난 뒤에 도전해도 나쁘진 않다.

하지만,

'지금 이 순간을 놓치고 싶지 않아.'

무성은 이를 악물었다.

무신팔법을 샅샅이 분해하면서 그 너머에 있는 중심을 읽은 것 같다. 일결을 엿본 것 같은 기분이다. 지금 놓치면 절대 잡을 수 없을 것 같다는 생각이 들었다.

'쉽지는 않겠지만……!'

무성은 다시 몸을 날린다.

파바밧!

한 놈이 달려오면서 손날을 휘두른다. 무성은 영검으로 공격을 흘리면서 왼쪽 팔뚝을 곧추세워 놈의 아래턱을 세게 올려쳤다.

빠악!

보통 사람이라면 모가지가 꺾이거나 머리통이 터져 나갈 위력이다. 여태 다른 그림자도 그렇게 되었으니 이번에도 다르지 않을 것이라 여겼다.

하지만,

화아아아악!

녀석은 직각으로 꺾인 머리를 아무렇지 않다는 듯이 도로 원래대로 돌리더니 아가리를 쩍 벌렸다. 톱니처럼 자글자글한 이빨이 한껏 드러나며 무성의 팔을 와그작 하고 씹어 버렸다.

그리고 체내에 깃들어 있던 무성의 마기를 빨아들이기 시작했다.

하지만 무성에게 마기란 마기가 아니다. 신기가 뒤섞인 혼원지기는 녀석의 몸뚱이로 들어갔다가 섞이지 않고 도리어 균열만 일으켰다.

쩌거거걱!

마치 깨진 얼음처럼 금이 퍼진다.

무성은 거기다 대고 주먹을 날렸다.

펙!

쨍그랑!

녀석이 그대로 터져 나간다.

'남은 건 넷.'

남은 놈들이 퍼져 나간 마기를 다시 흡수하면서 사방을 점한다.

녀석들은 강했다. 서로가 서로의 마기를 흡수했기 때문에 처음과는 비교도 할 수 없을 정도로 강해졌을뿐더러, 풍기는 위세도 만만치 않다.

반면에 무성은 팔뚝을 비롯해 몸 곳곳에 난 상처가 점차 썩어 들어가고 있다. 내공이 겨우 진행을 막아 낸다지만 언제 위험해질지 모른다.

하지만 무성은 눈길 하나 흐트러지지 않는다.

팟!

도리어 최선의 방어는 공격이란 걸 아주 잘 알기 때문에 정면에 있던 놈에게로 단숨에 치닫는다.

손날을 바짝 세워 목을 쳐 오는 것을 영검으로 쳐내면서 뱅그르르 안쪽으로 파고든다.

손과 손, 녀석의 손과 무성의 손이 충돌을 한다.

둘은 약속이라도 한 듯이 강하게 깍지를 끼며 공력 대결에 몰입했다.

콰직!

천마혼에 이어 천마의 육신, 거기다 무신의 정수까지 흡수한 무성의 공력을 이겨 낼 자는 강호 어디에도 없다. 하물며 그것을 전부 혼원지기로 치환한 지금이라면.

무성은 녀석의 팔을 세 번이나 부러뜨리면서 아예 복부를 후려쳤다.

동시에 가슴팍에다 영검을 냅다 꽂았다.

퍽! 퍼퍼퍽!

언제 생긴 건지 허공에서 영검 세 자루가 더 생겨나 다시 잇달아 꽂힌다.

녀석은 충격에 떠밀려 주춤주춤 물러섰다. 고개를 들어 잠시 무성을 보더니 입을 쩍 벌린다. 뭔가를 말하고 싶어 하는 눈치였지만 파르르 떨면서 부서졌다.

이제 남은 건 셋.

쉬시시시식!

무성은 다시 일결에 녹아들었다. 무신팔법의 흐름은 모두 파악했다. 그렇다면 그 흐름을 하나로 엮어야만 한다. 잘게 분해시켜 무성의 입맛에 맞게 조립한다.

단 일검.

하지만 빠르고 매섭다.

영검이 공간을 연속적으로 베어 나가며 순식간에 두 녀석의 목을 그어 버린다.

쉬이이이익! 텅, 텅!

머리가 폭죽처럼 위로 튀어 오른다.

'이제 하나.'

끼아아아아!

한 녀석은 모든 그림자의 마기를 흡수하고는 부르르 몸을 떨었다.

녀석은 알고 있었다.

오랜 세월 그토록 바랐던 신화까지 남은 걸음은 한 걸음.

탁!

무성은 녀석과의 거리를 한 걸음 좁혔다.

'그리고 무신팔법도 하나.'

결도 하나다.

쉭!

무성은 비스듬한 대각선 방향으로 검을 그어 버렸다. 하지만 그 속에는 자신이 담고자 하는 모든 게 다 담겨 있었다. 무신팔법이 전부!

챙그랑!

영검은 녀석이 기뻐할 새도 없이 가슴팍을 가볍게 훑어 버린다.

하지만 무성이 벤 것은 녀석이 아니었다.

녀석을 이루고 있는 결, 그 자체였다.

끼아아아아아악!

상처를 따라 마기가 꾸역꾸역 솟아난다. 녀석은 어떻게든 새어 나가는 마기를 막기 위해 손으로 꾹꾹 눌러 보지만 무의미했다.

손가락 틈 사이로, 팔뚝을 비집고, 입, 코, 귀, 칠공을 따라 마기가 줄줄 새어 나왔다.

공동은 온통 놈의 마기로 꾸역꾸역 가득 차 버린다.

녀석의 사념이 무성의 머릿속을 지배한다.

—네놈 때문에……! 네놈 때문에……!

신화를 바로 코앞에 두고 몰락해 버린 데에 대한 원한이 물씬 풍긴다.

하지만,

"너희들의 업은 내가 갖고 가지."

무성은 싸늘하게 한마디를 내뱉으며 영검을 뒤집어 그대로 꽂아 버렸다. 영검이 마기를 모두 부숴 버리고 녀석의 미간에 박혔다.

녀석이 깨져 버리면서 마기가 공동 가득하게 퍼진다.

무성의 눈에 맺힌 신광이 더더욱 커진다.

'스승님의 유진도…… 모두 거뒀다.'

이로써 무신과 천마, 시대를 상징하는 두 고수의 무공이 완벽히 그에게로 깃들었다.

화아아악!

무성의 체내를 돌던 혼원지기가 다시 한 번 변혁을 맞는다.

우드득. 드득.

육신과 기혈이 한 차례 변화를 맞이하더니, 이제는 기운 자체의 성질이 변한다. 태초의 기운을 성질로 가지던 혼원지기는 새로운 색깔을 띠기 시작했다.

무성의 성질은 비(飛).

언제나 하늘을 날고 싶어 하는 그를 위해 한없이 가벼워지고 투명해진다. 세상 어디에도 존재하지 않을 무성만의 기운이 자리를 잡으며 눈가를 감돌던 신광이 더더욱 큰 빛을 발한다.

그리고 육신과 영혼 간의 경계선도 점차 얇아진다.

무성은 몸의 변화를 한껏 만끽했다.

천천히, 아주 천천히.

신화란 적멸 혹은 등선과도 같은 것. 당연히 육체는 한없이 무량(無量)에 가까워지고, 영혼은 무한(無限)이 되어 간다.

'이런 것이구나.'

무성은 지금 이 자리에 보이지 않는 문이 하나 놓였다는 사실을 깨달았다. 지금 그 문을 열 수 있다면 모두가 바라 마지않는 새로운 세상으로 들어설 수 있으리라.

삼라만상을 구성하는 중심, 일결. 그 자체가 되어 버리니 비로소 새로운 세상이 보이는 듯했다.

하지만 마기가 너무 많아 문이 잘 보이지 않는다.

무성이 마기를 모두 치워 버릴 속셈으로 손을 흔드려는 찰나,

『하하하하하하! 신화라니! 신화라니……! 이것을 두고 어찌 인간이라 할 수 있겠는가! 어찌 하늘은 진가(陳家)에게만 이런 것을 허락하는가!』

갑자기 천마가 시끄럽게 떠들어 댄다. 미친 듯이 웃어 댄다. 하지만 그 속에 담긴 건 회한과 분노, 그리고 질투였다.

'어디서……?'

무성은 천마의 목소리가 머릿속이 아닌 바깥에서 울린다는 것을 깨닫고 고개를 들려 했다.

바로 그 순간,

퍽!

"컥……!"

무성의 등가죽을 지나 가슴팍을 뚫고 거무튀튀한 손날 하나가 튀어나왔다. 신화를 이뤄 가는 중이라 방심해 버렸다.

"언……제……?"

무성이 천천히 고개를 뒤로 돌린다.

그곳엔 거무튀튀한 그림자가 짙게 드리워 얼굴을 제대로 분간하기 힘든 사람 하나가 서 있었다. 그림자 아래로 입가가 송곳니를 훤히 드러내며 웃는다.

무성은 입가를 따라 피를 토하며 녀석이 누군지 깨달았다. 입 밖으로 흘러나온 말은 '나온 거지?'라는 뒷말이 생략되었다.

"천……마!"

第五章

구룡 천마혼

　"미안하게 되었군. 사실 나도 네가 이렇게 빨리 성장할 줄은 몰랐거든. 계속 옆에서 지켜볼 생각이었다만, 생각이 바뀌었다."

　천마가 차갑게 웃는다.

　"네놈의 육신, 내가 가져가야겠다."

　천마는 영생을 꿈꾸며 신화를 원하는 자. 그에게 있어 신화를 목전에 둔 무성의 몸은 탐나기 짝이 없는 보물로만 보였다.

　하물며 이렇게나 많은 마기가 지천에 널려 있음에야!

　천마의 머리 위로 흉신악살의 형상, 악귀가 눈을 뜬다. 그것은 아가리를 벌리며 마기를 닥치는 대로 삼키기 시작한다. 영락해 버린 신의 파편을 계속 먹어 치우며 천 년 동안 허기 졌던 영혼의 갈증을 탐욕스럽게 채워 나간다.

'이대론 위험해!'

천마 역시 신화를 앞에 뒀던 녀석이니 이 많은 마기를 모두 먹어 치우면 당해 내기가 어려워진다.

무성은 자신의 심장을 뽑아 버리려는 천마의 손길이 움직이기 전에 억지로 몸을 뒤틀면서 똑같이 천마의 어깨에다가 일장을 날렸다.

퍼어어어어어엉!

둘 사이에 커다란 폭발이 일어나면서 튕겨 난다.

천마는 단단한 지면에 짙은 고랑을 한참 남기다 멈춘다. 대신에 마기가 소용돌이를 그리며 빠른 속도로 합쳐져서 육신의 완성을 이뤄 나갔다.

반면에 무성은 마경인 이곳에선 천마를 당해 낼 수 없다는 생각에 허공에서 몸을 틀면서 벽면에다 주먹을 날려 구멍을 냈다.

콰아아아아아앙!

동굴 벽면이 그대로 터져 나가면서 바깥쪽 공기가 훤히 드러난다.

무성은 그쪽으로 완전히 빠져나왔다.

따스한 햇살이…… 그를 맞는다.

몸이 아래로 추락한다. 협곡을 따라 황량한 바람이 불어오며 머리를 잔뜩 흩트린다. 하지만 무성은 멀어지는 동굴 쪽에 시선을 고정시키며 손으로 가슴팍을 매만졌다.

다행히 그림자들이 남겼던 상처며 천마의 것까지 전부 빠른 속도로 아물고 있었다.

예전 같았으면 중상을 입고도 남았을 상처지만, 육신과 영혼의 괴리가 줄어들면서 공력이 상처를 단숨에 메워 버린다.

이미 무성은 더 이상 사람이라 부르기 어려운 경지에 이르렀다.

완벽해지기 전에 천마의 방해를 받았기에 문제였지만.

천마의 배신은 그만큼 무성에게 뼈 아팠다.

더불어 확실히 깨달았다.

천마는 그가 극복해야 할 장애물에 불과했다!

쿠우우웅.

그때 동굴이 있던 곳이 깨지면서 악귀가 억지로 고개를 밖으로 내밀었다. 천마혼의 세 머리 중 하나가 아래쪽을 살피다가 무성을 발견하고는 차갑게 웃는다.

싱긋!

무성은 소름이 잔뜩 돋았다.

신의 파편을 모두 먹어 치운 천마는 진성황이 나타난 게 아닐까 싶을 정도로 오싹한 소름을 돋게 만들었다.

저런 녀석이 무성의 육신을 가져 버린다면?

콰콰콰쾅!

그때 천마혼의 세 머리가 완전히 밖으로 나오면서 어깨가 드러나고, 여섯 개의 팔이 거미처럼 돋아나 몸을 밖으로 강제로 끄집어낸다.

천마벽이 무너져 내리고 있었다.

저 안에 있을 후성구룡이 어떻게 되었을지 걱정할 새도 없이, 무성은 추락하는 그대로 검결지를 곧추세워 허공에 잇달아 내그었다.

츄츄츄츄츄——춋!

공간이 갈라지고 또 갈라지고 또다시 갈라진다. 도합 아홉 번이나 갈라진 틈새를 따라 강기가 폭죽처럼 터져 나오며 수백 개나 되는 기파가 천마혼을 두들긴다.

파산검훼의 구성에다 영검을 집어넣어 파편 하나하나가 영검의 위력을 지니게 만든 새로운 기술이었다.

상반신이 거의 튀어나왔던 천마혼의 오른팔 두 개가 잘려 나가고, 왼팔은 세 개가 전부 떨어진다. 머리 하나가 그대로 으스러져 버린다.

하지만 천마혼은 여기에도 아랑곳하지 않고 하체까지 완

전히 기어 나와 땅에 착지했다.

콰아아아아앙!

먼지 구름이 녀석의 무르팍까지 올라선다. 협곡을 따라 무시무시한 꿍음이 메아리가 되어 곳곳으로 울려 퍼지고, 등 뒤에 있던 천마벽은 기울어져 완전히 무너져 내리고 말았다.

천 년을 넘도록 자신의 역사를 오롯이 간직했던 성소를 무너뜨리고도 천마는 아무렇지 않은 듯, 잘려 나간 팔과 부서진 머리를 다시 복구한 채로 한쪽을 향해 여섯 개의 팔을 모두 휘둘렀다.

퍼퍼퍼퍼퍼펑!

낙석과 먼지 구름이 사방으로 튀어 오르는 가운데, 연어처럼 그 사이를 거슬러 올라가는 자가 있었다.

파바바밧!

마치 무게가 없는 게 아닐까 싶을 정도로 떨어지는 낙석을 가볍게 박차며 위로 쭉쭉 올라서서는, 단숨에 천마혼의 머리가 있는 곳까지 도착한다.

먼지를 잔뜩 뒤집어쓴 무성은 녀석을 향해 주먹을 세게 내질렀다.

천마 역시 바닥에 꽂힌 주먹을 뽑아 위로 날렸다.

주먹과 주먹이 맞부딪친다.

겉으로 봤을 때는 도저히 비교도 안 될 테지만.

쿠와아아아아아앙!

천마의 팔이 너무나 허망하게 찢겨 나가면서 녀석의 커다란 동체가 떠밀려 겨우 밑동만 남은 천마벽에 부딪치고 말았다.

그 위로 남은 낙석이 우르르 쏟아졌다.

*   *   *

무성은 허공에서 가만히 아랫입술을 깨물었다.

'녀석은 애초에 이걸 노렸던 거야.'

처음부터 의심을 해 봤어야 했다.

자신이 묻혔던 장소로 유인했던 이유.

그 자신이 놓쳐 버렸던 것들을 대신 수습케 하기 위해서였다.

세상에 남은 육신을 거두게 하고 신화를 막는 영락한 신들의 파편을 먹게 하여, 결국 육신까지 빼앗으려 하는, 그 자신이 완전한 신화를 이루기 위한 수작이었다.

하지만 방심한 틈을 노린 거라면 절반만 성공했다.

무성은 아직도 안 먹히고 이렇게 남아 있으니까.

주먹을 꽉 쥐며 허공에 잇달아 터뜨린다.

쾅! 쾅! 쾅! 쾅!

그때마다 공간이 잘게 부서져 나가면서 틈새로 영검이 소낙비처럼 떨어진다.

만약 죽은 검존이 돌아온다면 경악하리라.

영검 하나하나가 담은 위력이 그가 전력을 다해 펼치는 이기어검과 맞먹을 정도이니.

하물며 그런 영검이 수백 수천 개라면……!

그리고 그 모든 것들이 무신과 천마의 무학을 한데 총합하여 일결을 갈라 버린다면!

콰콰콰콰콰콰콰!

무성은 녀석이 낙석 더미에 깔린 것으로도 만족하지 않았다. 그 위에 영검을 퍼붓고, 퍼부으며, 또다시 퍼붓기를 수차례.

이대로 세상이 무너지는 것이 아닐까 싶을 정도로 엄청난 격전이 벌어진다.

천마벽은 이미 형체를 모두 잃은 지 오래였고, 주변을 둘러싸고 있던 수많은 협곡들도 마찬가지로 영검이 터지면서 생긴 파편과 후폭풍에 잇달아 시달리며 무너지길 반복해 존재 자체를 잃어 간다.

수천 년 동안 기련산의 한 모퉁이를 장식해 왔던 지형이 그대로 내려앉아 뜻하지 않은 고원(高原) 지대가 생성되는 동안, 무성은 마지막 일격을 가했다.

콰아아아아아—앙!

전력을 다해 일격을 내지른다.

굴절된 공간에서 뿜어져 나온 어마어마한 압력이 앞서 무수히 많은 영검들이 만들어 냈던 후폭풍의 꼬리를 붙잡아 강제로 돌리기 시작했다.

화아아악, 하는 소리와 함께 거대한 회오리가 휘몰아치면서 천마혼이 있던 자리를 찢어발기고 또 찢어발긴다.

쿠쿠쿠쿠쿠!

"헉, 헉……!"

이미 경지에 이른 무성이 거칠게 숨을 토해 낼 만큼 무지막지하게 공력을 남용해 퍼부은 공세다.

하지만,

착!

갑자기 잘게 부서진 바위 더미 위로 구멍이 숭숭 뚫려 너덜너덜해진 팔 네 개가 불쑥 올라오더니 기압을 붙잡아 버리고,

쿠르르르르……!

그대로 반대 방향으로 틀어 버린다.

콰르르릉, 하는 폭발 소리와 함께 천마혼의 존재를 완전히 찢어 버리려던 회오리바람은 결국 터져 버려 샅샅이 흩어졌다.

그 사이로 천마혼이 엄청난 거구를 다시 일으키며 무성이 있는 하늘을 향해 포효를 내지른다.

크와아아아아아앙!

마치 상처를 잔뜩 입은 맹수가 울부짖듯이, 녀석은 무성을 향해 분노를 잔뜩 드러냈다. 세 개의 머리가 일제히 두 눈을 부리부리하게 뜬다.

그리고 다시 마기로 부서진 몸을 복구시키며 여섯 팔을 힘차게 휘두른다.

그리고…… 하늘이 열리기 시작했다.

마기가 폭풍처럼, 해일처럼 물밀 듯이 흘러내리면서 기상 이변이 벌어진다.

첫 번째 팔을 휘두르니,

콰르르르릉! 쾅쾅쾅!

하늘에서 검은 벼락이 잇달아 떨어져 무성이 있던 자리에 꽂힌다.

무성은 천마혼에게 달려가려다 말고 강제로 몸을 틀어야만 했다.

쉭! 쉬쉬쉭!

하지만 벼락을 피하는 것은 쉬운 일이 아니었다. 한곳에 있으면 여지없이 벼락이 떨어져 내리고, 살짝 피한다 싶으면 꼬리를 물고 또다시 떨어진다.

벼락이 떨어진 자리에는 짙고 검은 자국이 남는다. 대기가 강한 열기에 긁히면서 후끈한 열풍이 불어닥치고, 탄내가 진동을 한다.

빛은 천지간에 존재하는 가장 빠르고 강렬한 힘.

그런 것이 소나기처럼 쉴 새 없이 떨어지는 데야 당해 낼 재간이 없다.

'녀석도 신화를 이루고 있어!'

신화란 신이 된다는 뜻. 신이란 의지대로 삼라만상의 이치에 자극을 주어 천지조화를 일으킬 수 있단 뜻이다.

호풍환우(呼風喚雨)!

대기를 움직이는 일 따위는 무리도 아니리라!

천마는 지난 천 년 동안 신의 파편 때문에 억지로, 강제로 미뤄야만 했던 경지를 되찾았다.

아니, 계속 꾹꾹 눌러 뒀던 만큼 반향도 커서 원래 되찾아야 하는 경지를 내딛는 것으로도 모자라 그 위로도 단숨에 뛰어넘으려 하고 있었다.

그 결과가 바로 호풍환우다.

팟! 파바밧!

무성은 땅을 딛고, 또 디디며 벼락을 피해 나간다. 벼락은 아슬아슬하게 그가 남긴 잔상을 때리고 다시 다음 먹잇감을 찾아 나섰다.

『어디까지 도망칠 수 있는지 한번 보자꾸나!』

그때 천마혼이 두 번째 팔을 휘둘렀다.

쏴아아아아!

흩어졌던 압력이 기압이 되고, 다시 풍압으로 변하면서 매서운 태풍이 휘몰아친다.

자꾸만 쥐새끼처럼 도망치는 무성을 잡기 위해 바람을 동반한다.

무성이 벼락을 피해 다섯 걸음 뒤에서 나타나는 순간, 이미 흐르고 있던 태풍이 무성의 균형을 살짝 흔들어 놓는다. 그럼 기회를 놓치지 않고 새로운 벼락이 내리꽂히며 그를 잡으려 한다.

무성은 몸을 가까스로 잡으며 어쩔 수 없이 허공에다 주먹을 날렸다.

쾅!

콰르르르르······!

벼락이 일격에 의해 잘게 부서지면서 사방으로 불똥을 튄다.

뇌기는 옆에서 떨어지던 벼락과 부딪쳐 사방으로 갈라지고, 갈라진 벼락은 또 다른 벼락과 부딪쳐 갈라지며 삽시간에 허공에다 뇌기로 만들어진 샛노란 그물망을 만들어 버린다.

'제길!'

무성은 끝까지 피하려 했던 상황이 눈앞에 터지고 말자 이를 악물었다.

뇌기는 서로 이어지는 성질이 있어 대기에 한가득 퍼지고 나면 운신할 폭이 좁아지고 만다. 그래서 최대한 벼락을 쳐 내지 않고 피했던 것인데!

거기다 태풍까지 휘몰아치면서 뇌기의 영역이 확장되어 설 곳은 더더욱 좁아져 버렸다.

그때 천마가 세 번째 손을 휘둘렀다.

이번에는 짙은 먹구름에서 폭우가 쏟아지기 시작했다. 손마디만큼 굵은 빗줄기가 앞을 보기 힘들 정도로 빽빽하게 내린다.

연이어 네 번째 손을 휘두르니, 이번에는 우박이 우수수 떨어졌다.

빗방울과 우박이 태풍을 따라 불어닥치다 뇌기의 그물망 위로 떨어진다.

뇌기가 미친 듯이 발작하기 시작했다.

파지지지지지직!

증발해 버린 수분이 짙은 안개를 만들어 내고, 그 사이로 뇌기가 잔뜩 빛을 드러낸다.

무성은 시야를 가득 가린 채, 언제 어디서 들이닥칠지 모르는 샛노란 짐승을 떼로 맞이해 버린 꼴이 되었다. 그 짐승들은 이빨을 잔뜩 드러낸 채로 달려들 기회만을 노리고 있었다.

천마는 아예 종지부를 찍으려는 듯, 이어서 다섯 번째, 마지막 여섯 번째 팔을 휘둘렀다.

하늘에선 먹구름이 더 많이 밀려오며 기련산 일대를 전설 속에서나 등장할 지옥도로 만들어 버린다.

그리고 그 모든 지옥도가 무성에게로 흉측한 이빨을 훤히 드러내며 아가리를 쩍 벌렸다.

쿠르르르르르르!

무성은 도망칠 틈새도 없이 사방에서 몰려오는 뇌기와 먹구름의 향연을 보았다. 세상에 홀로 갇힌 채로 고개를 들어 하늘을 응시했다.

"하아아아……!"

세상에 종말이 온 것이 아닐까 하는 두려움이 엄습할 테지만, 무성은 눈썹 하나 흐트러지는 기색 없이 숨을 가만히 고른다.

천천히, 아주 천천히 두 눈을 감는다.

대신에 영통안을 다른 어느 때보다 크게 떴다.

영통안은 삼라만상을 꿰뚫는 심안.

하물며 경지에 이르러 공간을 좌지우지할 수 있는 지금은 원하는 어느 곳에서나 맺을 수 있다.

천리안(千里眼).

무성은 그것을 열었다.

『설마……!』

천마는 무성이 무엇을 하려는지 깨닫고 세 쌍의 눈을 부릅떴다.

그 순간,

스스스스!

먹구름 위로 드높은 상공에 기다란 선이 그어진다.

일결이다.

일결이 좌우로 갈라지면서 커다란 눈이 드러난다. 그 눈은, 먹구름을 지나, 지상을 내려다본다.

하늘 위에서, 신이 세상을 굽어보듯, 기련산 전체의 조망이 무성의 뇌리로 쏟아졌다.

그리고 다시 무성이 눈을 떴을 때, 그의 손에는 영검이 한 자루 쥐어져 있었다.

무성은 짙은 먹구름이 잔뜩 낀 하늘을 향해 영검을 세차게 던졌다.

쐐애애애애애—액!

영검이 공간을 찢으며,

콰르르르르르르—릉!

먹구름의 일결에 박혀 모든 걸 부숴 버린다.

『제길!』

균형을 잃은 먹구름, 벼락, 소나기, 우박, 태풍, 그 모든 것들이 사방으로 흩어진다.

마구잡이로 폭발이 일어나며 산이 무너지고, 대지가 내려앉기 시작한다.

무성을 잡기 위해 전력을 다해 펼쳤던 호풍환우가 허무로 돌아가는 순간, 천마는 깨달았다.

그리고 인정할 수밖에 없었다.

『너는…… 이제 나와 같구나.』

자신이 신화를 이룬 만큼, 무성 역시 같은 경지에 이르렀단 사실을.

탁!

무성이 혼란의 위에 서서 팔짱을 낀 채 오만하게 천마혼을 내려다봤다.

천마는 녀석을 둘러싼 절대적이고도 오만한 기운을 보면서 삼십 년 전에 자신의 발목을 붙잡았던 무신 백율을 떠올려야만 했다.

하늘.

이미 녀석은 자신만의 하늘을 그리고 있었다.

『무신을 너무나 닮았군.』

무성은 불어오는 바람에 머리를 쓸어 올리며 차갑게 물었다.

"이래도 계속할 테냐?"

이미 두 사람은 절실히 깨닫고 있었다. 둘이서 아무리 싸워 본다고 한들 승부는 절대 날 수가 없다. 삼일 밤낮으로 싸워도 결과는 나지 않는다.

자연과 자연이, 하늘과 하늘이, 신과 신이 부딪쳐서 어찌 결과가 나오겠는가.

무성은 그것을 알기에 이제 그만하자고 말한다.

하지만,

『그대와 나 사이에는 아주 큰 차이가 있지.』

"무슨 말을 하려는 거냐?"

『나는 이미 신으로서 천 년을 살았으나, 그대는 이제 시작이라는 점.』

"무슨……!"

『나에게는 신실한 종이 있지 않던가?』

"……!"

무성이 흠칫 놀라 고개를 뒤로 돌리는 순간,

화아아악!

갑자기 혼란의 틈바구니로 비집고 들어와 대기를 발기발기 찢어 버리는 손길이, 아니, 손길 '들'이 있었다.

그리고 드러나는 악귀의 형상.

스스스스, 마치 지옥의 문을 열고 마귀 군단이 대거 탈출이라도 한 것처럼 그곳에는 아홉 개의 악귀들이 있었다.

그리고 그 아래, 눈이 착 가라앉은 후성구룡이 서서 저마다의 병장기를 무성에게로 겨누었다. 그들의 머리 위로 맺힌 악귀들도 잔뜩 이빨을 드러낸다.

후성구룡. 그리고 아홉 개의 천마혼.

천마가 남긴 흔적을 따라, 천마의 인도에 따라, 새로운 경지를 터득해 버린 자들이 신을 따라 배교자를 응시했다.

"……정말 가지가지 하네!"

무성은 지끈거리는 골머리에 결국 버럭 소리를 지르고 말았다.

*   *   *

혁만은 깊은 꿈속에서 헤매고 있었다.

'아빠! 아빠! 어디 가세요? 아빠!'

어린 시절, 언제나 자신의 머리를 쓰다듬으며 정겨운 미소를 지어 주시던 아버지. 혁만은 언제나 그런 아버지를 세상에서 가장 존경했다.

하지만 아버지는 떠나셨다. 슬픈 미소만을 남기고.

그리고 삼 년 뒤.

간간이 편지를 보내면서 소식을 전하시던 아버지는 편지 대신에 관에 묻힌 채 집으로 돌아오셨다.

'대체 누구예요? 누가 아버지를 이렇게 만든 건데요!'

눈에 독기를 잔뜩 풍긴 채 아버지를 데려온 회주의 소맷자락을 붙잡으며 따져 묻는다.

그때 말을 듣고 결심했다.

무신련과 관련된 건 세상에서 모두 지워 버리겠노라고.

도강에게는 사랑하는 여인이 있었다.

'뭐야, 또 다친 거야? 하여간 애 같다니까.'

'나, 애 아니야.'

옆집에 살던 다섯 살 연상의 그녀. 이따금 수련을 하다가 다치고 돌아오면 언제나 정겨운 미소를 지으며 상처를 치료해 주던 사람이다. 손길이 따스하기만 하던 사람이다.

그러던 그녀가 어느 날 손에 검을 쥐었다.

'꼭 돌아올게. 약속해.'

'그땐…… 나랑 결혼해 줘!'

'네가 크면.'

용기를 갖고 외친 말에 돌아오던 미소. 세상을 다 가진 듯 너무나 기뻤다.

하지만 그에게 돌아온 것은 헤어지기 전에 나눴던 반지가 전부였다.

누군가는 부모를, 누군가는 연인을, 또 누군가는 형제를, 또 다른 누군가는 친구를……

후성구룡은 저마다 가슴속에 상처를 안고 있었다.

무신련이란 상처.

오랜 전쟁이 남긴 상처는 그래서 봉합하기가 힘든 것이었다. 무성에 대한 원한이 가슴을 가득 메워 버린다.

심마(心魔)다.

천마가 남긴 흔적을 따라 뭔가를 깨달으면서 너무 높은 경지를 뛰어넘으려다 생긴 후유증이었다. 무성이 벽을 넘지 못했으면 무너졌듯이, 이들도 심마를 극복하지 못한다면 이대로 무너져 버리리라.

하지만 그들에게는 천마가 있었다.

『눈을 떠라.』

쿵.

머릿속을 울리는 거대한 외침에 심장이 떨린다.

『너희들은 나의 종. 어찌 이딴 곳에 굴복하려 드느냐. 나를 따른다 하면서 고작 이것밖에 안 되는 존재들이더냐? 이 정도로 어찌 호법을 자처한단 말인가.』

쿵. 쿵. 쿵.
마기가 발작하듯이 움직인다. 눈꺼풀이 파르르 떨린다.

『자신이 슬픈 비극의 주인공이라 내몰지 마라. 과거에 먹히지 마라. 세상에 사연을 가진 사람이 어디 너희뿐이던가?』

천마는 힐난을 수없이 던지며 그들의 가슴을 서서히 찢어버린다. 가슴에 남긴 상처에 더 큰 상처를 남기면서 심마까지 같이 찢으려 한다.

그 순간, 정신세계를 둘러싸고 있던 어떤 벽이 무너졌다. 마치 눈을 뜨고 주변을 둘러본 것처럼 또 다른 것들이 보이기 시작한다.

그러자 새로운 세상이 나타난다.

드넓게 펼쳐진 평원.

꽃과 나무가 만발한 평화로운 곳에 아홉 사람이 나타났다.

"어?"

"네가 어떻게 이곳에 있는 거냐?"

"너야말로 어떻게 내 머릿속에 들어온 건데?"

"무슨 소리야! 여긴 내 세상……!"

"설마?"

후성구룡은 그제야 서로의 의식이 연결되었다는 사실을 깨닫고 고개를 한쪽으로 돌렸다.

그곳엔 한 사내가 가부좌를 틀며 앉아 있었다.

앞머리가 눈가를 가려 얼굴을 제대로 살필 수 없지만, 그 아래로 입가엔 짙은 미소가 그려진다.

『왔느냐?』

그들은 상대가 누군지를 깨달았다.

"처, 천마를 뵙습니다!"

"천마를 뵙습니다!"

이미 천마혼을 만난 적이 있다고는 하나, 이렇게 실제로 천마의 존체를 마주하게 된 것은 무한한 영광일 수밖에 없다.

『너희들은 누구의 종이더냐?』

"당연히 천마의 종이옵니다."

"어찌 그런 말씀을……!"

『한데, 어찌도 그리 나약하게 군단 말인가. 너희들 뒤에는 내가 있음인데.』

후성구룡은 더더욱 고개를 조아렸다.

『고개를 들고 어깨를 당당히 펴라. 너희들이 가는 길에는 언제나 내가 있을 것이니. 망령에 사로잡히지 마라.』

"하오나!"

그때 혁만이 번쩍 고개를 들며 소리를 질렀다. 다른 후성구룡은 이게 무슨 짓이냐며 얼굴에 경악을 띄웠지만, 혁만의 얼굴은 슬픔이 자리 잡고 있었다.

천마가 고개를 끄덕인다.

『말하라.』

"하오나! 어찌 과거를 잊을 수 있단 말입니까!"

『잊지 말란 말이 아니다. 과거를 잊지 말되, 너희들의 발목을 잡게 하지 말라는 말이다.』

"하면…… 저희가 앞으로 어찌하면 되겠습니까?"

천마가 당연하지 않냐는 투로 묻는다.

『이곳에 새로 강림할 신을 따르라.』

＊　　　＊　　　＊

츠츠츠츠츠츠.

크고 작은 열 개의 천마혼이 하늘을 빼곡하게 물들인다. 검은 먹구름이 잔뜩 퍼지며 지옥도를 마구 그려 낸다.

완전히 당해 버렸다는 생각을 지울 수가 없다.

후성구룡에게 무공을 가르쳐 주고 싶다는 말을 했을 때부터 생각을 해야 했건만. 아무리 무성이라 해도 이들을 모두 상대하는 것은 무리다.

『나에게 깃들라.』

천마는 무성을 향해서 손을 뻗었다. 무성의 키보다도 더 큰 손이다. 그것을 맞잡자고 내민다.

『그대는 이대로 죽는 것이 아니다. 나와 하나가 되는 것이다. 그대는 내가 되고, 나는 그대가 된다. 불완전하기 짝이 없는 서로가 하나가 되어 완전(完全)을 이루는 것이다.』

천마의 진심이 무성의 머릿속에 내려앉는다.

『그대와 내가 하나가 된다면 세상 어디에도 무서운 것이 없으리라. 어느 누구도 우리를 당적해 낼 수 없으리라. 진정한 신이 도래할 것인데, 감히 누가 거역할 수 있을까? 사신(四神)도 그러지는 못하리라.』

처음 듣는 말에 무성이 고개를 갸웃거린다.

"사신?"

『그래. 사신. 대대로 중원의 황실을 지켜 온 존재들. 진성황도 그 부류 중 하나다. 하지만 불완전한 우리가 놈들을 완전히 꺾기란 여전히 요원하다. 그대 역시 잘 알고 있지 않은가?』

무성은 조용히 아무런 말도 하지 않았다. 아니, 할 수 없었다.

진성황이란 존재.

그것이 얼마나 대단한지 이제는 너무나 명확히 깨닫고 있으니.

그런 존재가 셋이나 더 있다고?

머리가 아플 수밖에 없다.

이제야 무신과 천마의 무학을 온전히 수습해 그와 비슷한 경계선에 올라섰다고 생각했던 마당에 전혀 생각지도 못한 일이 터지니.

분명 천마의 말에도 일리는 있었다.

녀석은 자신을 삼켜 완전한 신이 되어, 진성황을 비롯한 사신이란 존재를 잡으려는 것이다.

"좋아."

무성은 그 말에 찬성을 하기에 고개를 끄덕인다.

『그럼……!』

천마가 반색을 하려는 그때,

"대신에 조건이 바뀐다. 네가 내게 깃들어라."

『뭣이?』

"너는 이미 천 년 전에 사라진 존재. 이제는 잊힐 때가 되지 않았나?"

『…….』

천마가 아주 잠깐 침묵이 흐른다.

『……그것이 너의 대답이라면.』

쿵.

천마가 한 걸음을 내디뎠다. 그의 명령이 있기만을 바라던 아홉 개의 천마혼도 따라서 움직인다.

『여기서 끝내자꾸나……!』

하지만 어딘지 모르게 천마의 목소리는 방금 전과 많이 달랐다.

그제야 무성은 알 것 같았다.

천마의 진정한 속내를.

"그래. 끝내자. 모든걸."

무성이 작게 중얼거리며 검결지를 높이 든다.

"밀천도. 야별성도. 무신련도. 지난 싸움도. 은원도. 그리고 너도. 나도. 전부."

그리고 긋는다.

일결을.

슉!

천마의 이마를 따라 짙은 선이 그어지며 정수리에서 사타구니까지 일직선으로 내려오기 시작한다. 그리고 틀어진 공간을 따라 다른 아홉 개의 천마혼도 덩달아 금과 함께 폭발했다.

『해냈……군.』

끼아아아아아!

방금 전까지만 해도 위풍당당했던 후성구룡의 천마혼이 모조리 부서지면서 흩어진다. 녀석들을 처리하는 데는 단 한 번의 손짓으로도 충분했다.

그리고 일결이 비틀린 천마 역시 마찬가지. 비틀린 공간의 단층을 따라 몸이 부서지기 시작했다.

녀석을 구성하고 있던 먹구름이 잔뜩 퍼져 나오며 기류를 따라 무성에게로 흐른다. 칠공을 따라 천마와 신의 파편들이 갖고 있던 모든 기운이 스며든다.

무성은 그렇지 않아도 공력으로 꽉 찼던 몸이 더 빽빽하게 차오르는 것을 느꼈다.

이미 하나가 되면서 무한한 용량을 지녔던 단전조차 수용하지 못할 정도로 많아지자, 결국 단전은 외부로의 확장을 시도했다.

육체는 이미 단전화를 이뤘으니 다음 단전은 새로운 영역이다.

영혼.

무성의 혼이 서서히 백에 동화되어 가며, 육신과 영혼 간에 있었던 장벽이 허물어져 간다. 내공은 기다렸다는 듯이 범람을 하며 영혼 속으로 스며들어 갔다.

결국 육신과 영혼은 합쳐져 일체(一體)를 이루고, 내공을 잔뜩 빨아들이며 계속 크기를 더해 갔다.

평범한 인간의 영혼 크기에서 영물의 크기로, 그리고 다시 신으로.

무성은 서서히 반신(半神)이 되어 간다.

『그대는…… 내가 생각했던 것보다 더 높은 곳에 다다르고 말았구나.』

천마의 목소리는 어딘지 모르게 허탈하면서도 웃고 있었다.

자신은 천 년이 넘도록 이루지 못한 경지를 누구는 이토록 이른 나이에 얻고 말았으니.

한편으로는 뿌듯해하기도 한다.

"처음부터 이런 걸 바랐던 거지 않나?"

무성도 다시 한 번 경지를 높이 뛰어오르고 나서야 확실히 깨달았다.

여태 천마가 보였던 모든 것들은 계획이었다.

더 이상 밀천에다 자신과 같은 거짓된 신이 아니라, 정말 그들을 보호해 줄 수 있는 진짜 신을 만들어 주기 위한 계획.

당장 신화를 이룬다고 해도 진성황을 비롯한 사신으로부

터 보호하기엔 힘들 수밖에 없다.

그렇기에 천마는 스스로를 희생해 무성에게 완전한 각성을 이뤄 주려고 했다.

신화를 이룬 무성에게 그와 똑같은 존재를 갖다 붙여 싸우게 한다. 이를 극복해 신화에 익숙해지게 된다면, 다시 궁지로 몰아넣어 한 번 더 도약할 수 있게 만든다.

그래서 스스로 신의 파편을 흡수해 무성과 부딪쳤고, 아홉 천마혼을 끄집어내 무성을 가둬 버렸다.

그리고.

무성은 다시 한 번 그 모든 걸 넘어섰다.

무성이 방금 전에 내그었던 마지막 일격.

그 속에는 무신과 천마, 양립할 수 없었던 두 절대자의 무학이 완벽히 하나로 융화되어 녹아 있었다.

혼명이다.

무성은 두 스승들을 넘어서서 새로운 자신의 영역을 구축하기 시작했다.

이것은 완전한 신화의 각성을 의미했다.

반신반인(半神半人).

지금의 무성을 말한다면 그리 말할 수 있으리라.

『착각하지 마라.』

천마는 코웃음을 쳤다.

『너에게 만약 자격이 따르지 않았다면. 우둔해서 자질이 부족했더라면. 주저치 않고 네가 딛고 있는 자리를 빼앗았을 것이다.』

"하지만 난 통과했군."

『너무 잘 통과해서 문제지.』

천마가 가볍게 웃는다.

여태 서로 싸우기에 바빴고, 진성황이란 공통된 적이 있어 어쩔 수 없이 손을 잡아야만 했던 그들은, 마지막에 가서야 서로를 이해할 수 있는 관계가 될 수 있었다.

천마는 어느새 거의 다 부서지고 있었다. 두 개의 머리가 바스러지면서 마지막 남은 머리가 무성을 가만히 응시한다.

『나의 신도들을 부탁한다.』

"너는 나. 나는 너. 너의 신도들은 곧 나의 신도들이지 않은가."

『정말 신이 된 것처럼 이야기하는군.』

"미안하지만…… 난 어디까지나 인간이고 싶다."

무성의 짧은 고백에,

『그런가?』

천마가 어이없다는 듯이 피식 웃는 것으로 모두 끝나고 말았다. 마지막 남은 먹구름이 무성에게 깃들면서 새하얀 빛 무리가 무성을 감싸 안는다.

화아아악!

무성은 팽창을 마친 영혼이 느끼는 무한한 희열에 한껏 도취되었다가, 다시 눈을 떴다. 그러자 정수리까지 차올랐던 빛이 거짓말처럼 흩어지며 지상에 떨어져 내린다.

신의 빛이 흐른다.

'지금은 아니야.'

무성은 누구나 바라 마지않을 해탈과 등선의 기회를 스스로 걷어차 버렸다.

천마에게 말했듯이, 자신은 언제까지나 신이 아닌 사람으로 살고 싶었다.

탁!

무성이 천천히 지상으로 내려온다.

두 존재의 격전으로 황폐화가 되었던 곳에 서서히 풀이 자라나기 시작한다. 그 사이를 따라 시냇물이 다시 흐르기 시작하고, 그 위로 꽃이 덮이며, 나무가 빠른 속도로 자라난다.

그곳에 앉아 있던 후성구룡은 무성을 쳐다보다가 재빨리 고개를 숙였다. 그들은 모두 천마가 했던 말을 기억했다.

새로 강림할 신을 따르라.

그것은 예언이었다.

그들의 눈에는 정말 하늘에서 신이 내려오는 것처럼 보였다. 천마가 사라진 것도 아니었다. 더 완벽한 존재로 거듭나이 땅에 현신(現身)을 한 것이었다.

第六章

개전(開戰)

"모두 고개를 드시오."

무성의 말에 후성구룡이 조심스레 고개를 든다.

"나는 그대들과 함께 있고 싶소."

후성구룡의 눈이 더 커지더니 다시 앙복한다. 너무 황송하다는 듯이 몸을 부르르 떨며 격앙한다.

"천마현신 마교천하!"

"천마현신 마교천하!"

'……당분간 적응하는 데 조금 힘들겠군.'

무성은 그들 몰래 짧게 한숨을 내쉬었다. 후성구룡이 보이는 태도를 바꾸고 싶었다.

하지만 이들의 태도는 도저히 그럴 기미가 보이지 않는다.

무슨 말만 하면 기뻐할 것처럼 보이니.

하지만 한편으로는 당분간 이럴 수밖에 없다는 생각도 들었다.

도저히 융화될 수 없는 두 조직이 하나가 되기 위해서는 월등한 무언가가 있어야 한다. 그것이 수장이 된다면 두말할 나위도 없다.

신격(神格)의 취급을 받는 것은 여전히 불편하지만 그런 것이야 차츰차츰 바꿔 나가면 될 일이었다.

"하면 이만 돌아갑시다."

이것으로 처음 원했던 소기 성과를 모두 이뤘다. 무성은 힘을 얻었고, 후성구룡은 천마혼을 터득하며 예전의 제천칠성보다도 더 강해졌다.

이만한 전력이라면 과거의 무신련이나 야별성과 비교해도 절대 뒤지지 않으리라.

아니, 무성이란 존재만 하더라도 그 이상이었다.

무성과 후성구룡은 살랑살랑 바람결에 흔들리는 풀밭을 밟으며 천천히 아래로 내려갔다.

*   *   *

밀천이 있는 분지로 돌아오는 것은 생각보다 힘들었다. 무성과 천마의 격전으로 지형이 모두 바뀌어 버린 탓에 길을 새로 찾아야만 했다.

꼬박 하루 정도를 고생하고 분지에 도착하는 순간, 무성은 뜻하지 않은 광경을 마주했다.

"이건……?"

사람들이 어떻게 알고 나와서 하나같이 고개를 숙이고 있었다. 밀촌의 사람들이다. 그들은 후성구룡처럼 예를 한껏 갖추며 무성을 맞았다.

"신인(神人)을 배알하옵니다!"

"신인을 배알하옵니다!"

가장 선두에는 회주도 있었다.

무성으로서는 황당하기만 한 일이었다. 후성구룡이야 여태 천마와의 일을 직접 목격했으니 그렇다 쳐도, 다른 사람들은 또 왜 이러는 거지?

"도대체 이게 어떻게 된 일이요?"

무성이 회주를 보며 묻자, 회주는 공손하게 고개를 숙이며 대답했다. 여태 무성을 편하게 대하려던 것과는 전혀 다른 자세다.

"신탁이 있었습니다."

"신탁?"

"예. 곧 새로 신이 강림할 것이니 그를 따르라는, 그런 계시가 모든 신도들의 꿈속에 나타났습니다."

"......"

아무래도 천마가 골칫거리를 잔뜩 남기고 간 것 같다. 제 딴에는 모든 갈등을 봉합하기 위한 방법이라고 생각했겠지만,

'그게 더 골머리를 아프게 한다는 걸 알고는 있는 거냐?'

물론 자신에게 완전히 깃들어 버린 천마가 대답할 수 있을 리가 만무하다.

"더구나 신탁과는 별개로 이미 저희들은 보았습니다."

"무엇을?"

회주는 황홀감에 잠긴 사람처럼 무언가를 되짚는다.

"지난 일 년 간, 이 주변 기련산 일대에 찾아온 변화를요. 처음에는 천둥과 벼락이, 태풍이 휘몰아치며 세상이 무너질 듯했습니다. 실제로 하늘은 먹구름에 가리고 산은 무너졌지요."

'일 년?'

무성의 의문이 풀릴 새도 없이, 회주는 말에 힘을 주었다.

"하지만 그 위로 땅이 솟아났습니다. 황무지가 바람결에 씻겨 사라지고 녹초지가 자라났습니다. 그것이 신의 이적(異蹟)이 아니고서야 뭐라 할 수 있겠습니까?"

잔뜩 격앙을 띠며 몸을 바짝 숙인다.

"그것이 지난 천 년 간 저희들이 그토록 바라 마지않던 신인의 등장이 아니고서야 무엇이겠습니까? 언젠간 돌아오리라 말씀하시던 신인의 진정한 위용이 아니고서야 어찌 가능하겠습니까?"

무성은 그제야 이들의 생각을 알 것 같았다.

오랫동안 가슴에 품어 왔던 염원.

천마는 그것을 자극했다.

자신의 존재가 아닌, 다른 존재가 되어도 좋으니 그들의 염원을 들어주어 오랫동안 한을 품으며 살아왔던 그들을 구해주려 했다.

천마는 이들을 진정으로 사랑하고 있었다.

무성은 천천히 회주에게로 다가가 한쪽 무릎을 꿇으며 그의 손을 잡았다.

"일어나시오."

"하, 하오나……!"

"나를 존경하든, 숭배하든, 그런 건 상관없소. 하지만 나는 그대들의 위에 있는 것이 아닌 옆에 나란히 서는 존재. 이런 것은 불편하기만 하오. 같이 걸읍시다. 우리가 바라는 세상을 위해."

회주의 눈이 살짝 커지나 싶더니,

"예. 알겠습니다."

단호한 눈매가 되어 크게 고개를 끄덕였다.

무성이 무촌으로 들어간다.

무촌 역시 밀촌의 변화로 말미암아 무성을 대하는 태도가 어딘지 달라졌다.

"뭔가가…… 달라졌군요."

"자네도 변화를 느끼나?"

조철산이 피식 웃는다. 그 역시 여태 조카를 상대하는 것처럼 편하게 대했던 것과는 달리 어딘지 모르게 절도가 들어가 있었다.

무성이 고개를 끄덕인다.

"밀촌과 다르지 않다네. 지난 일 년 간 멀리서나마 자네와 천마의 싸움을 지켜봤으니. 그것을 보고도 아무런 생각이 들지 않는다면 머리가 이상한 게지."

무성은 회주가 했던 것과 똑같은 말에 눈이 커진다.

"벌써 일 년이나 지났습니까?"

"몰랐나? 자네가 자리를 비운 지 정확히 일 년 하고도 사 개월이 지났다네."

무성에게는 며칠밖에 안 된다고 여겼던 순간들이 이들에게는 아주 긴 세월이었던 것이다.

"많은 일이…… 있었겠군요."

"그럴 것 같나? 사실 따지고 보면 그 기간 동안 무슨 일이 있는 게 당연하지. 서로 물어뜯기 바쁜 자들이 통제할 사람도 없이 한 곳에 갇혀 있었는데. 하지만 놀랍게도 그런 일은 없었다네."

무성의 눈에 의아함이 깃든다.

"처음엔 그냥 사소한 변화였다네. 아이들이 서로 경계 구분 없이 같이 놀기 시작하였지."

무성은 언뜻 떠오르는 게 있었다.

혁만의 동생, 혁산과 석대룡의 손자, 석웅의 화해.

"그 뒤로는 아이를 둔 부모들끼리 교류를 갖기 시작하더구만. 아무래도 아이들이 집에 가서는 서로 하루 종일 논 것에 대해서 이야기를 하니 심리적으로 가까워질 수밖에. 그러다 농번기가 찾아오면서 서로의 손을 필요로 하게 되었지."

밀촌은 경작해야 할 땅에 비해 언제나 일손이 부족하다. 반대로 무촌은 일손은 많은 데 비해 농사일에 대한 지식이 부족하다.

자식을 둔 부모들끼리 조심스레 서로를 돕다 보니 조금씩 주변으로 영역이 확대되어 간다.

"물론 갈등이 아예 없었던 것은 아니네. 은원을 여전히 잊지 못해 이를 가는 자들도 있었고, 문화가 달라 서로 이해를 못 할 때도 있었으니까."

밀천은 어디까지나 종교다. 그들이 반드시 지켜야만 하는 교리가 있다. 아침 식사 전에는 반드시 예배를 올려야 하며, 밤에 잠들기 전에는 반드시 경전의 일부를 암송하는 등의 전통이 있다.

반대로 무신련은 자유롭다. 얽매이는 것을 싫어하기 때문에 그런 것이 꺼려진다.

"그래도 다행히 갈등이 표면으로 드러나기 전에 두 가지 공통점이 봉합을 해 주었지."

"무엇입니까?"

"첫째는 서로가 폐쇄적이지 않다는 것."

밀천은 폐쇄적으로 보이지만 사실 천 년을 이어져 온 만큼 개방적인 면모도 강하다. 그렇기에 새외를 통합하며 무신련에 버금가는 힘을 키울 수 있었다. 무신을 중심으로 뭉친 무신련은 두말할 나위도 없다.

"둘째는 바로 전설의 탄생을 같이 보고 있다는 것."

조철산은 씩 웃으며 검지로 하늘을 가리켰다.

"세상이 바뀌는 것을 보았네. 이러고도 아무런 생각이 들지 않는다면 그 사람이야말로 머리를 열어 봐야겠지."

탁!

조철산은 걸음을 멈췄다.

"자, 이로써 모든 준비는 끝났네. 명령만 내려 주게. 무신련과 야별성, 이제 모든 게 오롯이 자네의 것이니."

무성은 눈을 감았다. 이제 드디어 다시 시작할 날이 찾아왔다.

천천히 눈을 뜨며 단호하게 말했다.

"수뇌부를 모아 주십시오. 출진에 대해서 논의를 나눠야겠습니다."

"존명!"

고개를 숙이는 조철산의 입가에 미소가 맺혔다.

*   *   *

"천문(天門)이 열렸다가 닫혔어."

눈을 두건으로 가린 소녀가 고개를 들어 하늘을 본다. 눈이 가려져 있어 앞을 보지 못하지만, 사실 그녀가 보는 건 그 너머에 있는 영적인 세계의 것이었다.

그 옆에 진성황이 섰다.

"나도 보았다. 여태 천문을 가로막고 있던 신의 파편들이 모두 사라졌더군."

"이것으로 천문을 열기엔 수월해졌어."

"하지만 그만큼 더 높아졌지. 또한, 우리에겐 골치가 아픈

자가 나타났고."

소녀는 마음에 안 든다는 듯이 미간을 찌푸렸다.

"모두 너 때문이야."

아무리 봐도 열 살이 넘을 것 같지 않은 소녀가 나이를 얼마나 먹었을지 모를 진성황에게 '너'라고 칭한다. 그런데도 진성황은 당연하게 받아들이고 있었다.

"괜히 그때 옛날의 죗값이니 뭐니 하면서 어설프게 마음을 주지 않았더라면⋯⋯!"

"그만."

진성황은 말을 자른다. 더 이상 듣기 싫다는 듯.

소녀는 마음에 들지 않는다는 듯 눈살을 찌푸리며 한마디를 쏘아붙이려 했다.

바로 그때,

"과거의 일을 더 논하는 것은 생산적이지 못하지 않습니까. 대모(大母)께서도 이만 화를 가라앉히시지요."

뒤편에서 학의를 입은 유생이 천천히 들어오며 공손하게 포권을 취했다.

이곳은 인세에 존재하는 신들에게만 허락된 대지. 인간 중에 유일하게 접근이 허락된 유한 인상의 중년인은 따스한 미소를 지었다.

그는 다리가 불편한 듯, 바퀴가 달린 신기하게 생긴 의자에 앉아 있었다.

소녀는 유생을 보며 인상을 살짝 풀다가 이내 마음에 들지 않는 듯 다른 쪽으로 고개를 홱 돌렸다.

"흥. 학적이 아니었으면 이렇게 물러서지 않았을 거야."

"고맙군."

진성황은 유생에게 고개를 까딱였다.

유생은 아무것도 아니라는 듯 겸손하게 고개를 저었다. 그런 태도가 진성황을 더욱 흡족하게 했다. 확실히 모든 것이 죽어 가는 대지에서 데려왔을 만큼 가치가 있는 자였다.

단순히 겸손하고 남을 잘 배려하기 때문만은 아니다. 세상 모든 것을 알고 꿰뚫어 보는 것이 아닐까 싶을 정도로 대단한 식견. 그의 머릿속에 담긴 수만 가지의 지식이야말로 천금을 주어도 못 구할 보물이었다.

황실은 이런 자를 품고도 여태 모른 채 그를 죽음으로 내몰려 했다.

"학적, 그대는 어찌 생각하나? 천문이 열리고 새로운 신인이 나타났다. 여태 우리가 예의 주시하던 천마와 무신, 둘이 하나가 되어 버리는 불상사가 발생해 버렸어. 어찌 돌릴 방법이 없을까?"

학적은 고개를 휘이휘이 저었다.

"없습니다. 그들의 발호(跋扈)는 하늘을 뒤덮을 것이고, 곧

이 땅은 전란에 휩싸일 것입니다."

대모가 구슬픈 음색으로 묻는다.

"피해를 줄일 방법은?"

"없습니다. 모든 일에 제약이 걸린 여러분들과는 다르게 그에게는 그런 것이 없으니까요."

"으으으음!"

"하지만 방법이 없는 것은 아닙니다."

"뭔가 떠오른 게 있는 거야?"

대모가 환하게 미소를 지었다.

학적의 얼굴에 묘한 미소가 떠올랐다. 진짜 웃음이기도 하고 쓴웃음이기도 한 미소.

"이미 문선(雯仙)께서 그리로 가셨습니다."

문선은 그들과 마찬가지로 사신에 해당하는 자.

그런데 홀로 적진으로 향했다?

확실히 녀석이라면 사신 내에서도 진성황을 제외하면 가장 강하긴 했다. 게다가 오래 산 세월만큼이나 호기심이 많은 것도 알고 있었다. 하지만, 그렇다고 해도 이것은 너무나 무모하지 않은가!

"이 멍청한……!"

진성황은 그 말을 듣고 버럭 화를 내고 말았다.

"그렇게 화를 내실 필요가 없습니다."

"그게 무슨 말인가?"

진성황이 눈살을 살짝 좁히며 알 수 없다는 뜻으로 묻자, 학적이 다시 한 번 알 수 없는 웃음을 지었다.

"문선께서는 제 부탁으로 기련산에 간 것입니다."

"흠."

진성황은 그런 학적을 보면서 묘한 생각이 들었다.

"무슨 생각이라도 있는가?"

"세 가지 이유가 있습니다."

"말해 보게."

"첫째는 그가 이룩한 깊이가 어떤지를 확인해야 하고, 둘째는 무신련과 밀천의 관계를 알아야 하며, 셋째는 그의 방향을 알아야 하기 때문입니다."

진성황은 곧바로 학적의 생각을 읽었다.

"첫째로 깊이가 부족하다면 문선으로 하여금 바로 잡게 할 것이고, 둘째는 관계가 아직 악화되어 있다면 분열책을 쓰기 위해, 마지막으로 이 모든 게 바로 안 된다면 대비를 해야 하기 때문인가?"

"그렇습니다."

"하지만 문선이 똑바로 해낼 수 있을까?"

진성황은 미간을 살짝 찌푸렸다.

문선은 평소 속세의 일에 대해서 전혀 무지하다. 호기심은 많으나 그건 세상을 구성하는 여러 가지 일에 관련해서일 뿐이다.

그렇기 때문에 순수하고, 또한 그렇기 때문에 단순하다. 그런 그가 학적의 생각을 제대로 읽었을지는 의문이다.

아니, 그보다 시킨 것이나 제대로 이행할지 확신할 수가 없다.

"저는 문선께 큰 것을 바라지 않았습니다."

"뭐라고 하였기에?"

"뜻하는 대로 보고 싶은 것을 모두 보시라, 그리 말씀드렸습니다."

진성황은 피식 바람 빠지는 소리를 냈다.

"자네는…… 다른 건 다 좋은데 한 번씩 꽤 교활하단 생각이 들어."

학적은 아무 말 없이 공손히 포권을 취하는 것으로 대답을 대신했다.

진성황은 손으로 머리를 쓸어 올렸다.

"좋아. 이미 놈들을 잡기 위한 덫은 시작되었군."

진성황은 이럴 줄 알았으면 자네를 처음부터 얻을 걸 그랬어, 라고 중얼거렸다.

애초 야별성과 무신련이 공멸을 할 때, 무리하게 군사를 일으키지 않고 지금처럼 학적의 조언을 들었다면 그런 실수도 하지 않았을 것을.

학적은 사신이라는 자신들을 장기 말로 사용하려 하고 있었다.

그들의 자존심상 다른 자들이 이렇게 군다면 목을 뜯어 버렸을 것이나, 정작 학적이 그러니 더 도와주고 싶다는 생각만 든다.

이것이 바로 학적이 지닌 사람으로서의 매력이겠지.

'역시 그대만큼…… 우리가 물러난 자리의 뒤를 잇는 데 제격인 사람도 없겠어.'

진성황은 이미 자신의 후계를 염두에 두고 있었다.

"하면 먼저 나는 무엇을 하면 되겠는가? 자네도 알다시피 저들이 먼저 발호를 하지 않은 이상에야 내가 손을 쓸 수 있는 것은 아무것도 없다네."

진성황은 황실에다 일 년 가까이 황제에게 주청을 드렸다. 무신련을 마저 토벌할 수 있게 병력을 동원해야 한다는 내용이었다.

하지만 그때마다 제독태감 자항이 나서서 번번이 계획을 묵살시켜 버렸다.

박살이 나 버려 쫓겨나듯이 사막으로 가 버린 자들이 무슨 힘이 있을 것이며, 설사 저들이 안 좋은 꿍꿍이를 지녔다 할지라도 곧 군신의 예를 갖추고 입조를 하러 온다고 의지를 밝힌 자들을 토벌하는 것도 군주로서의 예가 아니라는 명분이었다.

나이가 들어 기력이 없으면서도 자존심만큼은 하늘에 닿은 황제가 누구의 말을 들을지는 불을 보듯 뻔한 일.

특히 자항은 기왕과 벽해공주의 수급이라며 들고 온 것 때문에 패기가 하늘을 찌르고 있었다.

이미 대영반의 세력은 너무 많이 꺾인 상태였다.

아주 깊은 인내심을 지닌 진성황도 하늘을 찌르는 그 오만함에 하루에도 몇 번씩 별궁에 홀로 쳐들어가 놈의 모가지를 꺾을까 하는 고민에 잠길 때가 한두 번이 아니었다.

하지만 사실상 그것은 불가능에 가까운 일이었다.

마음만 먹는다면 힘들지 않을 것 같으나, 자항 역시 힘이 없는 것은 아니었다.

나락인수.

그 보잘것없는 쓰레기들이 비로소 몸체를 드러내기 시작했다. 진성황으로서도 쉽사리 모든 정리를 장담하기 힘든 자들이었다.

"저들이 발호를 했을 때 가장 먼저 건드릴 곳이 한 곳밖에 더 있겠습니까?"

"그렇군."

진성황은 짧은 침음성 뒤에 중얼거렸다.

"황궁이군."

학적은 묵묵히 고개를 끄떡였다.

"황실을 손에 넣으십시오."

*   *   *

진성황만큼 만고(萬古)에 있어 충신이라 할 수 있는 자도 거의 없으리라.

장수로서 여섯이나 되는 군주를 섬기고, 그들의 권위를 위해 어느 누구보다 열심히 발 벗고 뛰어다녔다. 덕분에 주씨의 황실은 그의 손에 들어 다른 어느 때보다 찬란한 빛을 자랑했다.

하지만 빛이 있으면 어딘가는 반드시 그늘이 진다.

아무런 노력 없이 절대적인 황권을 손에 넣은 황제는 젊은 날의 총명함을 잃고, 나이를 먹을수록 쓸데없는 객기와 고집만 늘어 버렸다.

특히 자항을 만났을 때는 그 정도가 훨씬 심했다.

"폐하, 기련산으로부터 드디어 고대하시던 전갈이 당도하였사옵니다."

"오오오. 그게 사실이냐?"

기력 없이 옥좌에 반쯤 누워 있던 황제가 눈을 동그랗게 뜨며 상체를 일으킨다. 옆에 있던 환관들이 그의 앙상한 팔이 위험해지지 않도록 지탱해 주었다.

좌우로 양립해 있던 문무백관들이 웅성거린다. 갑작스레 닥친 이 일에 대해서 어떤 편에 서야 할지, 어떤 의견을 내놓아야 할지 고민에 잠긴 얼굴이다.

"어서 이리로 데려오라. 감히 짐을 일 년이나 넘게 기다리게 만든 불충한 작자를 직접 만나야겠다."

화가 잔뜩 담긴 것 같은 말이지만, 실상은 기대감에 마구 부푼 목소리다.

그럴 수밖에 없다.

황실, 조정, 새외, 무림. 언제나 황제의 골치를 썩이는 존재들이 한꺼번에 평정이 된 예는 단 한 번도 없었으니.

만약 무림을 완전히 평정하게 되면 자신의 이름은 역사에 길이길이 남을 만한 업적이 되는 것이었다.

곧 자항의 지시에 따라 한 남자가 걸어왔다.

한쪽 팔이 덜렁거리는 외팔이 남자다. 문무백관 사이로 난 길을 따라 걷는 내내 야수처럼 투박하고 날카로운 기세가 흐른다.

담력이 약한 문관들은 자기도 모르게 움찔거리고, 오랫동안 전장을 누빈 무관들도 놀란 눈이 된다. 만약 전갈을 들고 온 사신의 양옆에 동창의 위사들이 서 있지 않았으면 입구에서부터 제지를 했으리라.

외팔이, 간독은 황제가 앉은 옥좌로 이어지는 주홍빛 계단 앞에 서서 한쪽 무릎을 꿇어 고개를 조아렸다.

그 공손한 태도가 황제를 더더욱 흡족케 했다.

흔히 무림의 야인들은 자존심이 너무 세서 황제가 불러도 가지 않는 경우가 허다하며, 어찌 온다 하여도 고개만 숙일 뿐 절대 허리를 낮추지는 않는다.

그런데 이렇게 알아서 행동을 하니 어찌 기쁘지 않을 텐가.

"고개를 들라."

"어찌 죄인이 함부로 용안을 뵐 수 있겠사옵니까. 이렇게 존체를 앞에 둘 수 있다는 것만으로도 삼 대가 간직할 영광이옵니다."

간독은 감히 어찌 그럴 수 있겠냐는 듯 몸을 떨었다.

황제는 올라가려는 입꼬리를 겨우 붙잡았다.

"짐이 허락한다 하지 않느냐."

그제야 간독이 천천히 고개를 들었다.

그러면서도 살짝 눈동자를 내리깔며 갖고 온 전갈을 공손히 바친다.

자항은 그것을 받아 황제에 바쳤다.

옆에 시립해 있던 환관이 또다시 받아 황제에게 공손히 바치니, 힘이 없는 황제를 대신해 또 다른 환관이 대신 읽기 시작한다.

"바야흐로 꽃이 피는 계절이 성큼 다가와 부디 폐하의 마음에도 꽃이 피기를 바라며, 죄인 무신련주 진무성이 삼가……."

내용을 듣는 동안 문무백관들은 서로 놀란 얼굴로 저들끼리 수군거렸다.

"꽤나 명문이 아닌가?"

"당금 무신련주란 작자는 과거 초왕의 아들을 시해한 한낱 무지렁이 출신이라 들었거늘. 언제 글월에 이리 눈을 뜬 것이지?"

"하지만 사문난적의 냄새는 지울 수가 없군. 쓰이는 단어로 보건대, 유자(儒者)라고 하기엔 조금, 아니, 아주 많이 이질적이야."

"흠, 그자를 닮은 것 같지 않은가?"

"그자라니?"

"왜 있지 않은가? 몇 년 전에 감히 폐하께 건방진 상소문을 올렸다가 목이 달아났던……."

"아, 그 사람 말인가?"

"이름이 분명 한유원……!"

누군가가 말을 마저 이으려는 때, 길었던 전갈은 어느새 마지막에 다다랐다.

문무백관들도 입을 꾹 다물고 서로 해야 할 말을 머릿속으로 정리했다.

"좋다. 무신련주의 생각은 짐이 이제 잘 알겠다."

황제는 이제 만족하다 못해 무신련주라는 자가 아주 마음에 들었다.

처음에는 머리를 빳빳하게 세워 달려드는 하룻강아지에 불과했으나, 자신의 처지를 알고 나서는 확실히 겸손한 태도를 보이지 않는가.

거기다 전갈에 담긴 문구와 문체로 보건대, 절대 배움이 적지 않은 자였다. 충성을 받더라도 이런 이라면 더더욱 가까이할 만하다.

간독이 더더욱 머리를 조아린다.

"입조의 시기를 정해 달라, 이것이냐?"

"그렇사옵니다."

구구절절했던 내용을 다 자르고 하나로 축약한 것은, 결국 왕이 허락만 한다면 직접 조정으로 들어와 고개를 숙이겠다는 의미였다.

당연히 곳곳에서 우려가 터져 나왔다.

"폐하, 만약 그자가 흉한 마음이라도 먹는다면……!"

"통촉하여 주시옵소서! 야인이란 것들은 겉으론 숙이는 척을 하더라도 속으로는 응큼한 속내를 품고 있는 간악한 것들이옵니다. 이참에 대군을 동원하여 놈들을 치시어 법도를 바로 세우소서……!"

물론 찬성 측도 만만치 않았다.

"자고로 속신을 원하는 자를 내치는 것은, 군주로서의 아량에 어울리지 않다 사료되옵니다."

"설사 놈들이 흉한 마음을 먹는다고 한들, 대영반께서 폐하를 지켜 주실 텐데 어찌 간악한 짓을 저지를 수 있겠나이까?"

몇몇 문무백관들이 신하들의 상석에 있던 진성황에게로 시선을 던졌다.

진성황은 고개를 들어 자항과 눈이 마주쳤다. 자항은 언제나 그렇듯, 푸짐한 얼굴에 사람 좋은 미소를 짓고 있었다.

하지만 그 속에 담긴 의미를 모를 리 없다.

설마 무서운 것은 아니겠지요, 라는 도발.

어이가 없는 것이나, 받아들이지 않을 수도 없다.

하물며 학적의 계획이 시작된 지금은, 더더욱.

"제가 있사오니, 걱정은 고이 접어 두시옵소서."

"대영반이 그리 말을 하니, 짐이 아주 기쁘도다. 그래. 하면 그대들은 입조 시기를 언제로 가늠하고 있느냐?"

"모두 폐하의 뜻에 따르겠사옵니다. 하명만 하시온다면, 당장에라도 기련산을 떠날 것이옵니다."

"그런가?"

황제는 턱수염을 가만히 쓰다듬으며 문무백관들에게 일렀다.

"그대들은 언제가 좋다 생각을 하느냐?"

수많은 갑론을박이 오고 간다. 이미 천자의 뜻이 결정 났다면 신료들은 거기에 맞춰 의견을 다듬어야만 한다.

결국 길일(吉日)을 택해 내어 주었다.

"조금 생각보다 이르다만, 가능하겠느냐?"

"이를 말씀이시옵니까? 성은이 하해와도 같사옵니다."

모든 일이 끝나고 난 후.

간독은 사신을 영접하기 위해 만들어진 태청전으로 자리를 옮기고 난 후, 비단 침상에 반쯤 엉덩이를 걸치고 누워서는 앓는 소리를 냈다.

"으아아아아. 지친다, 지쳐."

으리으리한 황궁을 한참이나 걷는 것도 지치는데 몸에 맞지도 않는 옷을 입은 것처럼 어색한 연기를 계속 하려니 좀이 쑤실 지경이었다.

마음 같아서는 모든 걸 확 뒤집어 버리고 싶은 충동이 머리 끝까지 닿았지만…… 어쩌랴. 이런 게 한두 번이 아닌데 말이다.

"그나저나 확실히 무섭단 말이지."

간독은 손으로 제 목을 몇 번이나 쓰다듬었다.

조정에 있는 내내 진성황이 이쪽으로 보내던 눈빛 때문에 몇 번은 죽다 살아난 기분이었다.

되도록 그쪽으로 눈길을 주지 않으려 했지만 등이 너무 따가웠다.

"뭐, 여하튼 이렇게 안쪽까지 도착했으니, 사실을 확인해야 하는데 말이지."

간독은 무성이 후성구룡과 함께 폐관 수련에 들어가기 전에 했던 신신당부를 떠올리며 목을 가볍게 풀었다.

"황제의 비밀이라."

간독은 아주 재미있겠다는 생각에 히죽 웃으면서 어둠 속으로 스르르 녹아들었다.

*   *   *

"역시 간악한 쥐새끼였군."

태청전의 지붕 위.

진성황의 명령에 따라 잠복하고 있던 부영반 고겸추의 눈동자가 살벌한 빛을 띤다.

그렇지 않아도 지난 전투 때 놈들에게 물먹은 것을 생각하면 이가 갈리던 차였다.

　지금이야말로 놈들의 꿍꿍이속을 칠 수 있다는 생각에, 그리고 나아가 보기 역겨운 환관 놈들을 모조리 칠 수 있단 생각에 화를 꾹 누르며 허공으로 몸을 던졌다.

第七章

무혈입성(無血入城)

진성황은 고겸추의 보고에 눈을 살짝 떴다.

"놈들이 무슨 술책을 부리려 한다고?"

"그렇습니다."

"무슨 짓을 저지르려는지는 알아봤는가?"

"아직 알아낸 바는 없습니다. 대신에 사람을 붙여 뒀습니다."

진성황은 고개를 저었다.

"아니. 사람은 거두어라."

"예?"

고겸추가 놀란 얼굴로 쳐다본다. 녀석이 무슨 해괴한 짓을 저지를지 모르는데 감시망을 거두라니?

"놈은 낙양 포위도 뚫었던 자다. 간악하기로는 무신련주보다 몇 배나 더 심하지. 설마하니 자신에게 눈이 붙을 것도 생각지 못할까? 도리어 그걸 이용해 먹을 생각부터 할 것이다."

"아."

"그러니 일단은 거두어라. 차라리 녀석이 하는 행동에 일희일비를 하기보다는, 녀석이 본색을 드러내기 시작할 때 일망타진하는 것이 좋을 거다."

"존명."

고겸추는 고개를 끄덕이며 물러섰다.

탁, 탁, 진성황은 탁상을 손가락으로 두들기며 시선을 돌렸다.

한쪽 구석에 발이 드리워져 있었다.

그 너머로 앉은 사람을 본다.

"일단은 그대가 시키는 대로 했다네. 과연 이걸로 저들을 낚을 수 있을지 모르겠어."

"그야 지켜본다면 추후에 어떻게 될지 알 수 있지 않겠습니까?"

"참 간단해서 좋군."

"본디 때로는 간단한 게 가장 좋은 법입니다."

"역시 자네는 말로 못 이기겠어."

진성황은 고개를 절레절레 흔들다가 창밖으로 시선을 던졌
다.

"그렇다면 지금쯤 만나고 있겠군."

"예."

＊　　　＊　　　＊

"태감을 뵙습니다."

　간독이 조용히 무릎을 꿇는다.

　자항은 태사의에 앉아 가볍게 웃음을 터뜨렸다.

"홍홍홍홍. 사신이 되어서 이렇게 함부로 나돌아 다녀도 되
는 건가요?"

"태감께서 계시는데 어느 누가 감히 따질 수 있겠습니까?"

"하여간 말 하나는 참 번지르르하게 잘하는군요."

"하지만 말보단 갖고 온 선물이 더 번지르르하지요."

"홍홍홍홍홍!"

　자항은 전각이 떠나가라 한참 동안 웃음을 터뜨리다 실내에
차곡차곡 쌓이는 거대한 철함을 탐욕이 가득한 눈길로 바라
보았다.

"저것인가요? 무신련이 갖고 있다는 보물이."

"정확하게는 야별성의 보물입니다. 세상 그 어떤 진귀한 금

은보화도 이보다 귀할 수는 없을 것입니다."

"그 말, 책임질 수 있나요?"

"도리어 제가 여쭙고 싶습니다."

"음?"

"권력보다 더 향기로우며 아름답고 반짝거리는 것이 있는지요?"

자항이 피식 웃는다.

"없지요. 특히 색욕을 풀 데가 없는 우리 환관으로서는 더더욱 권력을 탐할 수밖에요. 그네들 말로 짐승이에요."

"그렇다면 이 기회에 옥좌를 품으십시오."

간독은 수하에게 턱짓을 했다.

수하는 천천히 철함의 뚜껑을 열었다. 볏짚이 수북하게 깔린 바닥 위에 조용히 올려진 무수히 많은 환.

말로만 듣던 것을 직접 목격하게 되자, 웬만한 일에는 눈 하나 깜빡하지 않는 자항도 살짝 긴장한 기색이 역력했다.

그만큼 안에 든 환은 너무나 위험한 물건이었다.

폭천벽력탄(爆天霹靂彈).

하늘을 폭발시킨다는 이름만큼이나 엄청난 위력을 자랑하는 화약이다.

야별성 산하의 창마가 수장으로 있던 벽력보. 관부 몰래 화약을 제조하던 그들은 연구 결과를 총집대성한 괴물 같은 화약을 만드는 데 성공했다. 그것이 바로 폭천벽력탄이었다.

이런 것이 황궁 한가운데에서 터져 버린다면?

그때는 걷잡을 수 없는 큰 재앙이 닥치리라.

수하는 다시 철함의 뚜껑을 닫았다.

"명만 내려 주십시오. 태감께서는 가만히 앉아서 모든 걸 이루실 수 있을 것입니다. 하지만 만약 거두라 하신다면 거두겠습니다."

간독이 공손히 고개를 숙인다. 그는 절대 강요하지 않았다. 이 모든 선택이 당신에게 달렸다는 듯이.

자항은 마른 침을 삼켰다.

그는 자신이 일생일대의 기로에 섰다는 것을 안다.

성공한다면 과거 한나라를 피폐하게 물들였던 십상시와 같은 절대 권력을 누릴 것이나, 실패한다면 비참한 몰락을 겪을 것이다.

지금으로도 이미 대영반과 그 일파를 누를 수 있는 권력을 지녔다고는 하나, 아직은 여러모로 부족했다.

지금 환관 세력은 겉으로는 흥해 있을지 몰라도 언제 무너질지 모르는 위태로운 형국이다. 자항이 홀로 버티고 있을 뿐이지, 그가 사라진다면 남아나질 않는다.

반면에 대영반은 지닌 바 경지가 있으니 얼마나 더 오래 살 수 있을지 모른다. 더구나 그의 아래에는 인재가 구름 떼처럼 몰려 있지 않던가!

"역시 대영반의 수족들을 모두 잘라 내 버려야겠지."

마음을 다잡은 자항은 태사의에 기댔다. 어차피 이번 일이 잘못되더라도 모든 책임은 무신련에게 돌리면 그만이지 않은 가.

"시작하세요."

자항의 허락이 떨어지자, 간독은 철함에서 벽력탄을 꺼내 바닥에 떨어뜨렸다.

우르르, 콰콰콰쾅!

거친 폭발이 일어난다.

사신이 머무는 태청전과 환관이 거주하는 적색전이 터져 나가며 불길이 치솟았다. 화마는 마치 기다렸다는 듯이 황궁으로 잔뜩 퍼져 나갔다.

"불이다! 불이 났다!"

"어서 물을 가져와!"

사람들이 바쁘게 돌아다니기 시작했다.

"그게 무슨 말인가? 궁 내에 불이 나다니!"

황제는 사신 응대가 끝나 창녕궁에서 쉬려다 말고 놀라 뛰쳐나온 환관의 말에 비분강개를 했다.

더구나 그 위치가 적색전과 태청전이라는 말에 크게 놀라고 말았다.

두 곳은 근방에 붙어 있어서 한번 불길이 나면 단숨에 옮겨 붙을 수밖에 없는 위치이긴 했다. 문제는 한 곳에는 이 나라의 권력자가, 다른 한 곳에는 사신이 머문다는 점이었다.

둘 다 황제가 마음에 들어 했던 이들이 아닌가!

"소, 소신도 연락만 듣고 급히 달려온 터라 자세한 것은 모르옵고, 다만, 누군가의 방화로 인한 것이라……."

"태감은? 사신은? 그들은 무사한가!"

"아직 알려진 바가 전혀 없사옵니다."

"그, 그런!"

자항은 황제가 비루한 황자였던 시절부터 줄곧 옆에서 함께 해 왔던 형제 같은 자였고, 사신은 그에게 크나큰 업적을 가져다줄 보물이었다.

둘을 한꺼번에 잃는다는 것은 생각도 하기 싫다!

"그렇다 하여도 불이 난 적색전에서 이곳 창녕궁까지는 거리가 있으니 불길이 미치지 않을 것이옵니다. 허나, 어떤 모리배들이 역심을 품고 불길한 마음을 품을지 모르는 것이니 어서 자리를 피하심이……!"

"으으으음!"

확실히 일리가 있는 말이었다.

황제는 자리에서 벌떡 일어나 환관에게 명령했다.

"어서 차비를 갖추라!"

"예이!"

황제는 위협으로부터 도망을 치는 것이면서도 위엄을 잃지 않으려는 듯, 허둥지둥 서두르지 않고 환관의 안내에 따라 여유로운 모습으로 창녕궁을 벗어나려 했다.

바로 그때 금의위 병사 하나가 다급하게 뛰어오더니 몸을 바짝 바닥에 엎드리며 소리쳤다.

"폐, 폐하! 장성 밖에서 방금 전 긴급 파발이 도착하였사온데……!"

순간, 황제는 불길한 마음이 더 커지는 것을 느꼈다.

"고비 사막에서부터 수만에 달하는 호인(胡人, 북방 오랑캐)들이 말을 몰고 장성을 통과했다고 하옵니다! 그 이동 속도가 과히 과거 원나라의 기병대에 맞먹어 아무래도 근 며칠 내에 황도까지 닿을 것 같다고……!"

"무, 뭣이!"

* * *

두두두두!

관도를 따라 수만 마리의 기마대가 거친 모래 폭풍을 일으

키며 달리기 시작한다. 보통 말보다 머리 하나는 작은 과하마
지만, 그만큼 지구력이 대단해 장거리를 단숨에 돌파하는 데는
이만큼 좋은 것도 없었다.

전격전!

마치 벼락이 휘몰아치듯, 관군이 소집되기 전에 황도까지 단
숨에 밀고 들어간다.

"이럇! 이럇! 서둘러라! 황도까지는 하루도 남지 않았다!"

선두에서 무리를 지휘하는 사람은 뜻밖에도 가녀린 음색을
지닌 여인이었다. 하지만 북방에서 거칠게 살며 여자를 도구 취
급하는 호인들마저도 그녀만큼은 무시하지 못했다. 아니, 오히
려 절대적인 충성을 다 바쳤다.

단 일 년 사이에 기련산과 천산 주변의 모든 부족을 통합하
고, 북방의 유목민들이 군신(軍神)이라 추앙하는 기왕의 핏줄
을 타고난 자.

벽해공주 주설현이 소리쳤다.

"황도에 가장 먼저 도착하는 부족에게는 큰 상이 따를 것이
다!"

그 말에 각 부족들은 더더욱 말의 속도를 높였다.

*   *   *

황제의 용안이 대추처럼 뻘겋게 달아오른다.

"장성의 지휘 장수들은 여태 그동안 뭘 했단 말이더냐!"

"그, 그것이……! 저들이 기왕부만이 알고 있던 비밀 험로를 건너 장수들도 미처 읽지 못하였다고 하옵니다!"

"그걸 지금 말이라고 하는 것이냐!"

"죽여 주시옵소서!"

황제는 자신의 권력욕 때문에 황도를 수호하는 방벽을 제 손으로 거뒀다는 사실을 자각하고 있었다. 후임을 제대로 물색하지도 않고 기왕을 바로 내쳐 버렸으니.

하지만 인정할 수는 없는 일이다.

자고로 군주는 무치(無恥)라 했다.

후회를 하기보다는 바삐 대책을 강구해야 했다.

"안 되겠다. 대영반! 그래, 대영반을 어서 불러들여라!"

"통촉하여 주시옵소서, 폐하!"

그때 환관이 바로 무릎을 꿇고 머리를 조아렸다.

"무슨 말을 하고 싶은 게냐?"

"이번 처참한 일의 원흉이 누군지 아직 아무것도 밝혀진 바가 없는 상황이옵니다! 장성이 무너지고, 황실이 열렸사옵니다! 그리고 적색궁과 태청전이 불길에 휩싸였사옵니다! 한데, 대영반을 부르시다니요! 이는 늑대를 피하려다 범의 굴로 들어가는 것과 똑같은 형국이옵니다!"

황제는 그제야 뜨이는 것이 있었다.

기왕이 축출되면서 모든 병권은 대영반에게 귀속되었다. 그런데 황궁과 장성이 열렸다는 것은 여러모로 의심이 갈 수밖에 없는 상황이다.

더군다나 적색궁과 태청전은 최근 대영반을 궁지로 몰아넣던 정적이 아닌가!

이번 일이 마무리된다면 환관 일파가 더 득세를 할 것은 뻔한 일.

이에 대영반이 위기감을 느끼고 반란을 획책한 것일 수도 있었다.

"하면 어찌하면 좋단 말인가? 지금 어디서 자객이 날뛰고 있을지도 모르는 일인데! 누구를 믿고 그 손을 잡아야 한단 말이냐!"

환관이 더더욱 고개를 조아린다.

"흩어진 기왕부의 병력을 부르시옵소서!"

황제가 잠시 멈칫거린다.

"기왕부를?"

"이미 해체되어 다수가 무신련과 함께 기련산으로 이동하기는 했으나, 그래도 대부분은 여러 개로 쪼개져 하남 곳곳에 남아 있습니다. 그들을 빨리 불러들이심이……!"

"하지만 그들을 부른다 하여도 어찌 명을 전한단 말이냐?

그리고 그때까지 짐은 누가 지킬 것이며, 대영반은 누가 막을 것이냐!"

"저희를 잊지 마시옵소서."

환관이 고개를 든다. 여태껏 안으로 갈무리했던 기운이 사방으로 퍼져 나가며 황제를 다독인다.

"저희 환관들이, 나락인수가, 폐하의 곁을 지켜 드릴 것이옵니다."

*   *   *

차차차창!

동창과 금의위 간에 서로 검이 겨누어진다. 수백 대 수백의 대립에서 긴장감이 흐른다.

"이 이상은 다가갈 수 없다!"

"폐하를 모시러 가는 자리다! 어찌 길을 막는단 말이더냐!"

동창은 비웃음을 던진다.

"폐하를 겁박하러 가는 자리겠지."

"폐하를 구금하는 것은 너희들이지 않으냐!"

금의위 위사가 눈을 부릅뜨며 검을 휘두를 것처럼 구는 그때, 뒤에서 누가 그의 어깨를 짚었다.

고겸추는 금의위 위사로 하여금 뒤로 가라고 명령을 하고 앞으로 나섰다.

"이게 누구십니까, 부영반 나리가 아닙니까?"

동창 창위는 비릿한 웃음을 흘린다. 얼굴을 붕대 같은 것으로 감고 있는 녀석은 보통 환관과 다르게 덩치가 아주 컸다. 발음도 중원인이 아닌 것처럼 어눌하다.

"궁 안에 아직 흉수들이 남아 있을지도 모르는 일이다. 이 넓은 황궁에서 내행창만으로 그들을 색출하는 건 힘들지 않겠나?"

"이미 색출 작업은 순조롭게 이어지고 있으니 걱정하지 않으셔도 됩니다. 그러니 금의위께서는 언제나 그렇듯, 밖.이.나. 지켜 주시지요."

창위가 유독 강조하는 말에 다른 금의위들의 얼굴이 시뻘겋게 달아올랐다. 검을 쥐고 있는 손길이 부르르 떨린다.

흔히 동창과 같은 내행창은 금의위를 가리켜 집을 지키는 개라고 한다.

밖이나 지키라는 말. 개면 개답게 굴라는 속뜻을 갖고 있음을 모르지 않는다.

고겸추의 눈빛이 살벌하게 빛난다.

"그 말…… 후회하지 않을 자신 있나?"

"못 할 것도 없지. 아, 그리고 참. 깜빡 잊은 것이 있었는데."

창위는 품을 뒤적거리더니 이상한 두루마리 같은 것을 꺼내

고겸추의 발 앞에다가 툭 던졌다.

거지에게 적선하는 듯한 모습이라 계속 화를 꾹 눌렀던 고겸추도 분노가 끓어올랐다. 이를 악물며 억지로 꾹꾹 누르면서 묻는다.

"이게 무엇인가?"

"궁이 이 난리가 되도록 미연에 차단하지도 못하고 범인을 잡아내지도 못한 무능하기 짝이 없는 작자들은 알아서 물러나라는 황명이 담긴 칙서요."

"……!"

고겸추의 눈동자가 부르르 떨렸다.

"그래서 가져온 것이 이것이다?"

진성황은 손에 잡힌 칙서를 보고 가만히 천장을 바라다보았다. 백 년에 가까운 세월을 살며 수십 년 동안 황실에 충성을 바친 대가가 이것이란 말인가.

황명은 아주 간단했다.

알아서 하라.

대영반이 가진 권력이 두려워 함부로 내치지 않을 뿐, 이미 황제는 자신을 의심하고 있었다.

고겸추는 진성황의 얼굴을 마주할 용기가 나지 않는 듯 고개를 더더욱 숙인다.

"또한, 지금 궁 안의 난리는 거의 끝이 나 신하들로 하여금 빨리 환궁케 하도록 종용하고 있다고 합니다. 이것을 거부할 시에는 황명을 거부하는 것으로 알겠다는 엄포까지 놓았습니다."

"숙청이로군."

"예. 그 때문에 집을 벗어나지 않으려는 자들이 대부분이라고……."

이미 환관들이 황제를 끼고돌기 시작한 이상 정국에 피바람이 불어닥칠 것은 자명한 일.

그들에게 줄을 댄 사람들은 두 팔을 벌려 환영할 것이고, 중립에 선 자들은 전전긍긍할 것이며, 대영반에게 동참한 사람들은 모두 목이 달아날 테지.

환관의 칼을 피해 도망치는 것도 허락되지 않는다.

"더군다나 황도 밖의 외적들은 과거 기왕부 병사들로 하여금 막게 하고 있다 합니다."

"한 번 내친 자들이 돌아온다고 했더냐?"

"황명이면 따른다고 했다고……."

"하하하하하하!"

황도를 지켜야만 하는 금의위는 믿지 않고 다른 병력들이 응집할 수 있게 도와준다니. 이것은 진성황에게 주었던 병권을 도로 빼앗겠다는 의미가 아닌가.

"황도 밖에는 호인들의 칼이 바짝 다가오고 있는데, 안에서도 칼을 겨누고 있으니! 하하하하하! 참으로 우연치고는 재미난 장면이지 않은가!"

외적을 빌미로 황제를 끼고 권력을 휘두르는 데야 당해 낼 재간이 있을까.

하물며 외적이 이만큼 다가오고 황궁 내에 분란이 생기는 것을 미연에 방지하지 못한 것은, 이유가 어찌 되었건 간에 금의위의 잘못이었다.

진성황의 실책이다.

"자항에게…… 한 방 먹었어. 아주 크게."

환관들은 진성황을 궁지로 몰아넣어 한 가지를 강요하고 있었다.

이대로 황궁을 치라고.

어차피 이대로 있어도 조정 내에 숙청이 불어닥치고 나면 수족은 모두 잘려 나가고, 끝내 자신까지 설 곳을 잃게 될 것이다.

그렇다면 진성황으로서는 응당 황궁에 검을 겨눌 수밖에 없다.

이대로 병력을 끌고 환관들을 모두 쓸어버리고, 지금의 무능한 황제를 내친 뒤 유능한 황자를 그 자리에다 앉힌다면 사직이 바로 설 것이다.

하지만 그 후에 남을 건 아무것도 없다.

여태 진성황을 따르던 식객들은 모두 등을 돌린다. 그의 주변에는 쓸모없는 박쥐들밖에 남지 않을 테지. 그동안 만고의 충신이라 불렸던 모든 명예를 땅바닥에다 패대기치고 역적이란 굴레를 받아들여야만 한다.

더구나 환관들이 원하는 것이 바로 그거였다.

현재 황실을 방비하고 있을 나락인수도 절대 무시할 것이 못 되는 데다가, 진성황을 내칠 수 있는 진짜 명분을 원한다.

"강도가 문 앞까지 왔는데도 황상의 모가지를 틀어쥐고서 버티려 한다면, 집 지키는 개 따위가 할 수 있는 건 하나밖에 없지 않은가."

진성황은 자조를 흘렸다.

"짖어야지."

말뜻을 이해한 고겸추는 고개를 푹 숙였다.

"병력을 준비하겠습니다."

그 병력을 어디다 쓸지는, 아직 정해 둔 바가 하나도 없었다.

* * *

푸르릭! 푸릭!

주설현은 말고삐를 잡아당기면서 고개를 들었다. 다시는 보고 싶지 않았던 황도의 성곽이 보인다.

"캬아! 이것이 바로 수도라는 것이지요? 크크크큭! 미치겠군. 이렇게까지 깊숙하게 들어오게 될 줄이야."

"이젠 물러설 곳도 없다고."

"그래서 더 재미난 거 아니겠나? 명만 내려 주쇼. 바로 놈들을 쳐 버릴 테니."

각 부족의 수장들은 어서 풍족하기 짝이 없는 중원의 보물과 미녀를 안아 보고 싶은지 한껏 몸이 달아오른 얼굴이었다.

"아니. 기다려."

"누굴 기다리고 거요?"

"어."

"누굴?"

주설현은 아무 말도 하지 않았다.

바로 그때,

뿌우우우!

갑자기 뿔피리 소리가 사방에서 진동하더니 성곽을 따라 상당수의 병사들이 모습을 드러낸다. 그 숫자만 해도 만 단위가 넘을 것 같다.

그리고 주설현과 호인들이 있는 땅의 좌우 능선으로도 일련의 병력들이 나타나 삼 면으로 포개기를 시도한다.

그 숫자만 해도 물경 오만.

바람에 나부끼는 깃발이 하늘을 빼곡하게 물들인다.

이미 단단히 포위가 된 형국에도 호인들은 웃음으로 넘겨 버린다.

"쿵! 그동안 코빼기도 안 보인다 싶더니 여기다 다 끌어모은 거였나?"

"켈켈켈. 솔직히 여태 심심했는데 잘됐지."

"허약해 빠진 한인치고는 제법 군기도 있어 보이고."

도리어 여태 못 봤던 피를 지금 한데 몰아서 보려는 듯 검을 뽑을 준비까지 한다.

"이보쇼. 대장. 빨리 명만 내려 주쇼. 몸이 달아올라서 미칠 지경이니까."

"아니, 싸울 필요 없어."

"으잉? 그게 무슨 말이오?"

주설현은 대답 없이 가만히 웃기만 한다.

빨리 싸우자고 조르던 호인은 인상을 구기면서 고개를 갸웃거렸다. 대체 왜 이러는 거지? 그때 옆에 있던 놈이 살짝 놀란 눈이 된다.

"그런데 저놈들, 어딘가 복장이 낯익지 않아?"

"무슨……! 어라?"

그제야 호인은 저들의 정체를 알아차리고 말았다. 북방에서 자신들을 지독하게 괴롭히던 놈들! 군신과 함께 패배를 모르고 질주를 하던 자들이 이곳에 있었다!

기왕부의 군대였다.

처처처척!

그들은 기다렸다는 듯이 한쪽 무릎을 땅에다 찍었다.

"충(忠)! 벽해공주를 뵙습니다!"

"충! 벽해공주를 뵙습니다!"

오만에 달하는 병사들이 일제히 함성을 지른다.

그들은 이 년에 가까운 세월이 지났어도, 아무리 해체가 되어도, 상관이 바뀌어도 기왕부에 대한 충성심을 버리지 않았다.

전혀 예기치 못한 상태에 당황한 것은 일선의 지휘관들이었다.

하지만 그들은 아무런 말도 하지 못했다.

기왕부 군대에 심어졌던 진성황 측 인사들은 모두 병사들의 반란에 목이 달아났고, 원래 성곽을 수호하던 병사들은 기왕부 병사들의 반란으로 단숨에 제압되고 말았다.

"하하하하하! 기왕부까지 우리랑 함께한단 말이지? 이거 최고잖아!"

호인들은 여태 자신들을 못살게 괴롭히던 전장의 사신이 아군이 되었단 사실에 만족스러운 웃음을 터트렸다.

그사이 기왕부 군대는 호인들 뒤편에 섰다. 아주 자연스럽게. 원래 자신들의 위치가 바로 그곳이었던 것처럼.

"성문을 열어라."

주설현이 내뱉은 한마디에,

끼이이익!

황도의 정문은 마법처럼 너무나 쉽게 열리고 말았다.

그리고,

호인 군대 오만, 기왕부 군사 오만. 도합 십만에 달하는 병력들이 황도로 무혈입성(無血入城)하는 데 성공했다.

*　　　*　　　*

"벽해공주가?"

진성황은 이를 바득 갈았다.

물론 자항이 기왕과 벽해공주의 목이라며 가져왔던 머리가 진짜라고는 생각지 않았다. 무슨 꿍꿍이 속내가 있다고는 생각했지만, 아예 손을 잡았을 줄이야!

"궁에선?"

"아무 말도 없습니다!"

"결국 한통속이었다는 거군!"

십만이다. 자그마치 십만!

그만한 병력이 황도로 입성을 했다면 이미 황궁은 난리가 났어야 옳다. 얼마든지 나라의 사직이 바뀔 수도 있는 일이니!

가장 급하게 발등에 불똥이 떨어졌어야 하는 것은 환관 일파여야 하지만, 아무런 미동도 없다는 것은 뜻하는 바가 하나뿐이다.

이걸로 확실해졌다.

놈들이 원하는 것은 황도가 아니다.

바로,

"나였구나……!"

설마, 하는 마음은 있었지만, 정말 현실로 닥칠 줄은 꿈에도 몰랐다.

아무리 자항이 권력에 미쳤어도, 설마 어떤 식으로 돌변할지 모르는 십만 병력을 황도로 끌어들이는 미친 짓을 할 줄은 몰랐다. 어떻게 범을 물리치려고 승냥이 떼를 안마당으로 불러들일 수 있는 건지 도통 이해가 가질 않았다.

"하지만 이것으로 확실해지지 않았습니까? 반드시 끌어들여야 할 자와 내쳐야 할 자. 아군과 적군. 충신과 역적. 드디어 사직을 다시 올바르게 세울 수 있는 절호의 기회입니다."

발 뒤편에 앉아 있던 학적이 가만히 운을 뗀다.

진성황은 낯을 딱딱하게 굳혔다.

"역시 자네는 이 모든 것들을 예상했던 것이로군."

"……"

말없이 웃는다. 무언의 긍정이다.

"역시 그랬어. 사실 문선을 기련산으로 보낸 것도 무신련주가 이곳으로 오지 못하게 발목을 묶기 위해 한 것일 테고."

황궁과 병권, 두 가지가 모두 저들의 손에 떨어진 마당에 무신련주까지 단숨에 황도로 입성한다?

그때는 정말 모든 게 위험해져 버린다.

"나로 하여금 극단적인 선택을 내리게 하려고 했던 것인가?"

"그렇게 하지 않으면 아무것도 남지 않을 테니까요."

"천명(天命)이 천자(天子)에게 있는 한 세상의 겉면에 드러나지 않는 게 우리들의 족쇄일세."

"그래서 그 족쇄를 풀어 드리지 않았습니까? 천명이 천자를 벗어나려 하고 있습니다."

"……"

"천명을 바로 세우십시오. 흉적들을 치우고 이 나라를 깨끗하게 만드십시오. 피가 많이 흐를 것이기는 하나…… 때로는 환부를 도려내기 위해서 칼을 대어야 할 때도 있는 법입니다."

진성황은 침음성을 흘렸다.

"자네, 조금 바뀌었군."

"저도 잘 모르겠습니다."

학적은 씁쓸하게 웃었다. 백성들을 편안케 하고, 하층민들을 달래며, 서로가 서로를 사랑하게 만들자는 사상을 이었으면서도 어찌 피를 논하는 것인지.

결국 진성황은 선택을 내려야만 했다.

"겸추."

"예. 대영반."

"우리는 이대로…… 궁을 친다."

第八章

진씨 가문

　북방 오랑캐가 침탈을 시작했다는 소식은 황도를 들썩이게 만들었다.

　십만 대군이 입성한 북쪽과 다르게 남쪽은 피난 행렬이 줄지어 이어졌다. 이대로 나라가 무너질지도 모른다는 위기감과 혼란이 팽배해진다.

　부자들은 가산 중 값진 것을 골라내며 모두 지고 갈 수 없음을 안타까워했고, 고위 관료들도 관직을 내던진 채 달아날 준비를 했다.

　피난 행렬이 성문을 따라 길게 이어졌다.

　그럼에도 몇몇 충신들은 천자께서 아직 떠나질 않았는데

어딜 가느냐며 집을 지키고 앉았다.

그러던 차에 소문이 퍼졌다.

사실 황도를 습격한 무리는 북방 오랑캐가 아니라, 기왕의 딸, 벽해공주라는 소문이.

"정말 그 말이 사실일까?"

"바빠 죽겠는데 무슨 소리여!"

"아, 그 있잖아. 실은 지금 황도에 입성한 것이 지금 황상 때문에 억울하게 죽은 기왕 전하의 딸이란 거."

"나도 그 말에 혹하긴 했지만…… 그걸 어찌 믿나! 우리를 안심시키려는 개수작일지도 모르는데!"

기왕이 백성들에게 받는 지지는 생각보다 훨씬 크다.

언제나 나라에 위협이 되고 호시탐탐 장벽을 넘어 황도를 약탈하려는 북방의 야만인들. 하지만 기왕은 홀로 그들을 무찌르며 중원에 평안을 가져다주었다.

어디 그뿐이랴.

설사 자신의 영지가 아닐지라도 가뭄이 생기는 곳이 있으면 가산을 털어 구휼미를 나눠 주고, 홍수가 발생하면 군사를 대거 보내어 피해를 복구토록 한다.

역병, 민란, 호환 등 백성들이 걱정하는 일이 있으면 언제든 나타나 모습을 보이니 그를 따르지 않을 사람들이 없었다.

몇몇은 '만약 기왕이 다음 황제가 된다면……'이라는 말을 입에 담을 정도였다.

그런 그가 반란을 일으키고, 목이 잘렸다는 소문이 파다하게 났을 때는 중원 전체가 난리 날 정도였다. 어떤 곳에서는 민란이 일어날 기미가 보이기까지 했으니.

만약 병권을 틀어쥔 진성황이 사전에 이를 차단하지 않았더라면 무슨 일이 벌어졌을지도 모르는 일이다.

"그런데 개수작이라고 치기엔 너무 조용하지 않아?"

"뭐가?"

"벌써 십만이나 되는 군사가 들이닥쳤다는데, 원래라면 우리들…… 이렇게 있지도 못하잖아."

"……."

그 말도 맞았다.

여태 그들은 단 한 명의 병사도 보지 못했다. 정말 북방 오랑캐가 쳐들어온 것이라면 벌써 약탈과 방화를 자행하기 시작했을 텐데.

하지만 불바다가 되었어야 할 황도는 여전히 조용하고, 어수선한 것은 피난민밖에 없다.

게다가 그중에서 오랑캐를 봤다는 사람은 한 명도 없었다.

"저, 정말 어떻게 된 일이지?"

처처처척!

기왕부 군사와 북방 호인 군대.

언제나 적으로 만나 섞일 리가 없으리라 생각했던 이들이 한마음 한뜻이 되어 황도의 중심에 난 길을 따라 이동한다.

십만이나 되는 군세가 절도 있게 움직이는 모습은 일대 장관이었다.

미처 피난을 떠나지 못한 사람들은 먼발치에서 두려운 눈빛으로 군세를 보다가, 그들이 해코지할 기미를 보이지 않자 조금씩 호기심 가득한 눈빛으로 바뀌었다.

물론 겉으론 완벽해 보이는 집단일지라도, 그 안까지 불만이 없는 것은 아니었다.

"어쩝니까! 어째서 약탈을 허락지 않는 겁니까!"

호인들은 바짝 약이 올랐다.

그들이 굳이 이곳까지 온 이유가 무엇인가!

보물이다. 미녀다.

그런데 그런 것들을 하나도 갖지 못하게 하다니.

"약속대로 너희들이 원하는 보물은 황궁의 창고를 열어 모두 내어 줄 것이다. 하지만 황도는 안 돼."

주설현은 차갑게 일갈했다.

물론 이를 그냥 받아들일 호인들이 아니다.

"어째서!"

"약탈이 자행되는 순간, 모든 명분이 우리의 손에서 사라져 버리니까."

"이래서 고리타분한 중원의 것들이란……!"

호인들은 이를 바득바득 갈았다. 그들로서는 도저히 이해가 가지 않는 대목이었다. 당장 손에 한가득 보물을 들고 미녀를 취해도 모자랄 판국에 왜 팔자 좋게 민심이니, 명분이니, 하는 것들을 따진단 말인가?

하지만 그래도 어느 누구 하나 여기에 대해서 크게 항의하거나, 대열을 이탈하는 사람들은 없었다.

그만큼 주설현이 주는 압박이 너무 심했다.

이대로 나서 버린다면 모든 게 끝날 것 같다. 기왕부는 언제나 약속에 철저하다. 약속을 지키면 더 많은 것을 내어 주고, 어기면 끝까지 쫓아가 죽인다. 여기서 발을 떼는 순간, 자신들 부족의 운명은 정해진 것이나 마찬가지다. 더구나 황궁의 창고에 있는 보물이라면 아마 그 양이 어마어마할 것이다.

"게다가 다른 이유도 있다. 아직 넘어서야 할 벽이 있어."

"황궁까지 이제 조금만 더 가면 되건만, 또 뭐가 남았단 겁니까?"

"황실의 마지막 방벽. 용."

"용?"

용은 중원에서 황제를 상징하는 영물이 아닌가? 그런 게 정말 있을 리는 없을 텐데?

그들이 모두 고개를 갸웃거리는 그때,

"급보입니다!"

황궁을 감시하라며 척후를 보냈던 병사가 헐레벌떡 바쁘게 뛰어왔다.

"무슨 일인가!"

휘하 부장이 척후병에게 묻는다.

"궁이…… 궁이 대영반의 병력에 함락되고 있습니다!"

그 자리에 있던 장수들 모두의 눈동자가 커진다.

하지만 이를 예상했다는 듯, 주설현의 눈동자가 크게 반짝였다.

"이제부터 시작이야."

＊　　＊　　＊

채채채채챙!

황궁을 지켜야 하는 금의위 병사들이 일제히 칼을 반대로 겨누어 몸을 날리기 시작한다.

"폐하를 구출하라!"

"환관 놈들을 축출하라!"

금의위의 숫자가 물경 만에 가까운 판국에 이들이 단번에 들이닥치는 한 제아무리 동창이라고 해도 쉽게 막아설 수 있을 것 같지는 않았다.

하지만,

"감히 집 지키는 개 따위가 주인을 물려 하느냐!"

파라락!

금의위를 막아서던 동창 무리 중에서 몇몇이 갑자기 허공으로 몸을 날린다. 색목인, 곤륜노, 회인(아랍인) 등 중원에서는 노예 취급을 받는 자들이 마치 새처럼 날아올라 단숨에 금의위 사이를 누비고 다녔다.

차차차창!

금의위의 목이 한칼에 허공으로 튀어 오른다.

그만큼 동창이 심혈을 기울여 만든 비밀 병기의 위력은 너무 대단했다. 그들이 칼을 휘두를 때마다 금의위 사이로 짙은 피가 흐른다.

"피하라! 나락인수다!"

고겸추의 명령에 금의위는 일제히 나락인수를 피해 옆으로 널찍이 물러서기 시작했다.

이미 사전에 언질을 들은 바가 있다.

동창이 키운 맹수, 나락인수에 대해서.

처음에는 한낱 노예들 따위가 얼마나 강할까 싶었지만, 이들은 예상했던 것 이상으로 강했다.

듣자 하니 조정과도 인연이 있는 북궁검가에서 키운 북명

검수로부터 따온 것이라 했던가.

이들은 정말 흉포한 맹수고, 또한 살수였다.

금의위가 간격을 바짝 벌려도 녀석들은 악착같이 달라붙어 칼을 휘두른다.

물론 고겸추는 이미 녀석들에 대해 생각해 놓은 바가 있었다.

금의위 사이로 행색이 다른 자들이 튀어나온다.

까가강!

처음으로 나락인수의 칼이 막혔다.

복면을 쓴 얼굴. 단호한 눈빛. 그들이 들고 있는 검은 검기로 번뜩인다.

동창이 나락인수를 키우는 동안, 어디 금의위도 가만히 있었을까. 그들은 도리어 직접 대영반 아래에서 무공을 익히는 영광을 얻을 정도였다.

백혈위(白血衛), 죽어도 황제를 위한 고귀한 하얀 피만 흘리겠다는 다짐하에 만들어진 자들이다.

그런 자들이 나락인수 한 명당 세 명씩 붙었다.

나락인수의 손이 바빠진다.

따다다다당!

"백혈위가 놈들을 맡는 동안, 금의위는 궁을 점거하라!"

나락인수가 몸을 돌리려 해도 백혈위가 악착같이 따라붙

는다.

실상 따진다면 북궁검가에서부터 전수된 비법으로 만들어진 나락인수가 더 힘이 셀 것이나, 백혈위의 숫자가 상대적으로 더 많으니 어떻게 몸을 뺄 방도가 없다.

그사이 금의위는 궁으로 들어가는 정문을 격파, 그대로 안으로 밀고 들어갔다.

한 번 뚫리기 시작하자, 금의위는 거칠 것이 없었다.

"환관 놈들을 모두 베어도 좋다! 단, 궁녀를 비롯한 황족들은 따로 보호하라!"

머릿수로 압박하여 동창을 비롯한 환관들을 모두 척살한다.

갑작스런 소란에 놀란 얼굴이 되어 밖으로 뛰쳐나온 황족과 궁녀, 그리고 소환된 신하 등 궁의 사람들을 달래는 한편, 어딘가에 있을 황제를 찾았다.

"폐하를 찾아라! 놈들이 폐하를 구금하고 있을 것이니 어서 이리로 뫼셔야 한다!"

금의위는 정말 이 잡듯이 샅샅이 궁궐을 뒤졌다.

하지만 어디에서도 황제의 그림자나 흔적조차 찾을 수가 없었다. 목격자들도 있었지만 다들 하나같이 언제부턴가 보이지 않는다고 말했다.

고겸추의 눈이 커진다.

"서, 설마…… 그 사이에 빠져나가신 것은?"

*   *   *

"결국 대영반이 반역을 택하고 말았군요."

부관의 말에 주설현은 잠깐 고민에 잠기다 고개를 털었다.

"왜 그러십니까?"

"대영반이…… 너무 쉽게 반역을 택한 것 같아서."

"예?"

"아무것도 아니야. 그보다 저기 오시는군."

주설현의 시선이 정면에서 이리로 다가오는 사람에게 꽂힌
다.

주변을 경계하는 다섯 호위 무사에 둘러싸여 불안한 눈빛
으로 걸어오는 이. 추레한 차림을 하고 있으나, 얼굴에 맺힌
상은 어딘지 모르게 근엄하다.

부관은 그의 정체를 깨닫고 부랴부랴 진영에다 소리를 질
렀다.

"전군! 예를 갖추라!"

그의 외침에 기왕부 군사들이 일제히 걸음을 멈추고 주설
현에게 한 것처럼 예를 갖췄다. 아니, 그 이상으로 고개까지
숙인다.

상대는 하늘 아래 중원을 지배하는 유일무이한 지존이었으니.

"충! 황제 폐하를 뵙습니다."

주설현이 고개를 숙인다.

추레한 옷차림을 한 노인, 황제는 자신을 맞은 십만 정병을 보고 흠칫 놀란 얼굴이 되었다가 비대한 몸으로 자신을 이곳까지 데려온 자항을 노려보았다.

"태감⋯⋯!"

벽해가 살아 있지 않은가. 이게 대체 어떻게 된 일인가. 그렇게 묻는다.

여기에 자항은 빙긋 웃었다.

"죄송하옵니다, 폐하. 이것이 전부 모리배인 대영반을 축출하기 위한 소인의 결단이었사오니, 죄는 추후에 물어 주시지요."

그제야 이 모든 것들이 완벽하게 짜인 각본이었단 사실을 깨달은 황제는 버럭 노호성을 터뜨렸다.

"태가아아아아아아암!"

"흥흥흥흥. 다들 뭣들 하나요? 어서 폐하를 모시지 않고!"

설 곳을 잃어버린 황제가 걷는 길이란 비참하다.

자항이 데려온 나락인수에 양팔이 묶여 버린 채 발버둥을 치지만, 어느 누구 하나 눈 깜빡하지 않는다.

"벽해야! 벽해야! 살려다오! 나다! 황제이기 전에 너에게 있어선 백부가 아니더냐!"

"그 전에 동생을 죽이려던 형이셨지요."

황제는 끌려가지 않기 위해 주설현에게 애타게 애걸복걸했다.

하지만 그를 보는 주설현의 목소리는 차갑기만 하다.

결국 황제의 구슬픈 비명이 뒤쪽으로 사라지고, 자항이 대신에 그 자리를 차지하며 기분 좋게 웃었다.

"훙훙훙. 이것으로 폐하도 우리의 손아귀에 무사히 들어왔으니 명분은 완전히 갖춘 셈이로군요. 이제 역적인 대영반만 처리하면 되겠어요."

바로 그때였다.

"그럴 필요 없다."

갑자기 허공에서 쩌렁쩌렁한 메아리가 울렸다. 십만 정병의 시선이 모두 하늘 위로 치솟았다.

아주 높다란 허공.

마치 그림 속에 나오는 신선처럼 팔짱을 끼고 선다. 허공을 둥둥 떠다니는 검에 올라탄 채로.

어검비행(馭劍飛行).

이미 신의 경지에 다다른 고수들만이 가능한 일이다.

"내가 바로 여기에 있으니."

그 말이 끝나기 무섭게,

화아아악!

어마어마한 기풍이 사방으로 흩어진다. 뻣뻣하게 고개를 세웠던 잡초들이 일제히 몸을 낮추고, 말들이 놀라 크게 일어선다.

히히히힝!

"워, 워! 진정해!"

"젠장…… 용이라더니! 진짜잖아!"

웬만한 일로는 꿈쩍도 않는 담력을 지닌 호인들도 함부로 눈을 마주치지 못한다.

그만큼 진성황이 흘리는 기백은 대단했다.

일군(一軍)이 몸을 덜덜 떨 정도로.

주설현만큼은 지지 않겠다는 듯이 이를 악물며 진성황을 노려보았다. 그에게 눌리는 것은 낙양에서의 한 번으로 족했다.

"대영바아아아안!"

그때 황제가 바닥에 주저앉아 눈물을 펑펑 쏟았다.

"폐하. 잠시만 기다려 주소서. 곧 구해 드리겠사옵니다."

진성황은 가만히 고개를 숙였다. 그러고는 다시 고개를 들더니 말한다.

"뭣들 하는가. 폐하를 구해 드리지 않고."

주설현이 무슨 말을 하느냐며 따지려는 찰나,

처처처척!

갑자기 기왕부 군사들이 창날을 빼내 들더니 유목민들에게로 겨누었다. 생각지 못한 배신으로 졸지에 목에 창날을 허락해 버린 유목민들은 바짝 얼어붙었다.

주설현의 목에도 역시나 칼날이 번뜩였다.

그는 자신을 찌르려는 부관을, 아주 오래전부터 아버지를 모셨던 충신을 잔뜩 노려보았다.

"이게…… 무슨 짓이지?"

"죄송합니다, 공주마마. 저는 사실 처음부터 대영반의 사람. 백혈위였습니다."

                    *   *   *

"그래서 저는, 아예 저들을 황도까지 끌어들이고 뒤집어
버리자고 말씀드리고 싶습니다. 그래야만 대영반께서 이
후의 정국을 꾸려 나가실 때에 추려야 할 자와 내쳐야 할
자를 확실하게 판가름하실 수 있지 않으시겠습니까?"

진성황은 허공에 둥둥 떠다니는 검 위에서 아래를 내려다봤다. 그러다 잔뜩 얼어붙어 있는 반역자 놈들을 보며 잠시 두

눈을 감았다.

'결국 이렇게까지 나서야 하는 것인가.'

사신(四神)이란 대대로 내려오는 명예와 같은 것이다.

사방에서 중원을 수호하는 청룡, 백호, 주작, 현무. 여기서 따온 이름은 언제나 천외천에서 중원과 황실에 천명이 있는 한 그들을 절대적으로 수호한다.

이는 다른 말로 중원과 황실에 위험이 닥치지 않으면 절대 모습을 보이지 않는다는 것과도 일맥상통한다.

이렇게 정국에 그들이 직접 개입하는 경우는 몇 대를 통틀어 진성황이 최초라 할 수 있으리라.

하지만 어쩌겠는가.

제아무리 신을 자처한다고 한들, 그들 역시 사람.

주사위가 던져진 이상 해야만 하는 것이 있다.

진성황은 그가 심어 뒀던 백혈위에게 눈짓을 주었다.

그러자 백혈위 다섯 명이 자리를 이동하며 황제를 보호했다.

"오오오. 역시 대영반. 그대야말로 만고를 통틀어 보기 드문 충신임에 분명하구나."

황제는 짐짓 땅에 떨어진 위상을 되찾으려는 듯 뒷짐을 지며 억지로 표정을 꾸며 댔다.

진성황은 그저 황송하다든 듯이 고개를 숙였지만, 황제를 피해 고개를 돌린 백혈위의 얼굴은 살짝 일그러져 있었다. 이미 황제는 스스로의 명예를 실추시켰다.

진성황은 암담함에 빠진 주설현을 보며 말했다.

"벽해공주, 이제 전부 포기하고 고개를 조아리라."

주설현은 아랫입술을 질끈 깨물었다.

"대체…… 언제부터 본 왕부의 병사들이 그대의 수족이 된 것이죠?"

"처음부터."

진성황은 딱 잘라 말했다.

주설현의 눈동자가 흔들린다.

"뭐라고요?"

"지금 이 나라에 있는 무장들의 뿌리가 어디에서부터 출발했다고 생각하나?"

"……!"

"그들, 혹은 그들의 스승, 혹은 그들의 스승의 스승이 나에게서 비롯되었다. 오랫동안 권력욕을 부리지 않았어도, 그 세월이 만들어 낸 힘이지."

주설현은 암담함을 느꼈다.

그 말인즉, 애초 어디에서 어떤 활약을 보이고 병권을 쥐든지 간에 이 나라의 녹을 받는 모든 무장은 진성황과 끈이 닿아 있다는 뜻이 아닌가.

모든 군벌이며 세력이 사실은 처음부터 진성황의 손 위에서 놀아난 셈이다.

역시나 황룡.

중원을 수호한다고 자부할 만한 사람이다.

그때 별안간 주설현은 뭔가 떠오른 것이 있었다.

중원에 있는 모든 무장들이 진성황에게 닿는다면.

자신과 함께 기련산으로 들어갔던 존재들은 어찌 되는가? 그들 중에는 일반 병사들뿐만 아니라, 대대로 기왕부에 충성을 바친 충신들도 많았는데……!

진성황이 차갑게 웃었다.

"기련산에 생각이 닿은 것이냐? 그렇다면 포기하라."

입술 끝이 잔뜩 비틀어진다.

"나는 이미 너희가 숨은 일 년 반 전부터 정확한 위치를 다 알고 있었으니."

"……그, 그 말은!"

"이미 그들에게 명을 해 두었다. 긴 세월에 걸쳐 천천히 준비를 해 두라고. 하지만 이제 그 준비를 마쳤을 테니, 모든 게 끝나지 않았을까? 너희들이 그토록 원하는 출병을 시작하기 바로 직전에 말이다."

주설현의 안색이 창백하게 가라앉았다.

*　　　*　　　*

하늘을 미끄러지듯이 나는 사람이 있었다.

다리가 허공을 가볍게 때릴 때마다 새처럼 날며 입고 있는 도복이 바람에 부딪혀 펄럭인다. 마치 유생처럼 정갈한 얼굴에 서는 여유와 기품이 같이 느껴지는 것 같았다.

하북에서부터 이곳까지.

너무나 먼 거리를 달려온 그가 걸음을 멈춘다.

탁!

저 멀리 하늘을 찌를 듯한 높이를 자랑하는 산맥들이 보인 다. 꼭대기에는 만년설이 내려앉은 곳.

"오랜만이군. 이곳 기련산도."

노인은 뒷짐을 쥐며 작게 중얼거렸다.

문선.

진성황과 함께 언제나 강호의 황실을 수호해 왔던 자.

"소식이 떨어지면 움직이라, 그리 말했었지?"

이미 이곳으로 오기 전부터 학적에게 들었던 언질이 있었다.

"이미 기련산 안의 위치와 구조는 모두 파악이 끝났습 니다. 만약 저들이 출병할 낌새가 보인다면 곧장 밖으로 나오는 길목에다 매설한 화약을 터뜨리라고 언질해 두었습니다."

"길목?"

"예. 황실을 오랫동안 골치 아프게 했던 밀천은 아주 깊은 곳에 위치해 있습니다. 당연히 그 길목은 하나밖에 없으니, 나올 때도 그곳으로 나와야만 합니다. 그들이 그쪽에 미리 표식을 해 둔 터라, 이쪽에서 먼저 손을 써 두었습니다."

"저들의 눈이 닿았을 유목민이며 장사치들의 눈도 있었을 텐데, 그들을 피해서 그런 작업이 가능한가?"

"아닙니다. 도리어 그들의 눈을 이용했습니다."

"호오?"

"유목민과 장사치란 사람들은 겉으론 전혀 달라 보여도 결국 근본은 같은 사람들입니다. 그들을 움직이게 하는 방법은 단 두 가지면 충분합니다."

"무엇인가?"

"힘과 금."

"호오."

"유목민은 강자에게 절대적으로 고개를 숙입니다. 그런데 금까지 보장하면 누구보다 충성을 다하지요. 장사치도 다르지 않습니다. 강자에게는 어떻게든 발을 비비려 노력하며, 돈이 된다는 확신이 있으면 죽음이라도 불사하는 족속들이지요."

"역시 자네의 혜안은 따라잡을 길이 없구만."

"그러니 저들이 낙석 더미에 매몰되는 그때, 문선께서 나서 주십시오."

"어떻게? 아무리 나라 해도 홀로 몇 만이나 되는 대군을 쓰러뜨릴 수는 없다네."

"그들을 상대할 필요는 없습니다. 머리. 창붕이라는 자만 잡으십시오."

"잡으면 당연히 분열을 할 테고, 못 잡는다면?"

"그때는……."

문선은 혹시 무언가 놓친 것이 있나 싶어 차례차례 학적과 나눴던 바를 복기했다.

그는 머리를 쓰는 일 같은 건 잘 모른다.

하지만 시킨 것만은 잘할 자신이 있었다. 그것도 아주 현명하게.

"역시 마지막 말이 걸리긴 하는군."

다른 건 마음에 들지만, 그것 하나만큼은 영 용납하기가 힘들다는 듯 인상을 찡그린다.

하지만 어쩌겠는가.

자신이 생각해도 방법은 그것밖에 없거늘.

문선은 자신이 여기에 온 목적에다 확실히 선을 긋고자 했다.

　'나는 창봉이 무엇인지만 보고자 한다.'

　이것만 놓치지 않는다면, 억지만 부리지 않는다면, 절대 횡액을 치를 일은 없으리라.

　"오는군."

　때마침 바람을 타고 묵직한 무언가가 파도처럼 밀려와 문선을 흔들어 놓았다.

　어마어마한 위압감이 밀려온다.

　절대 몇 명이 내는 기세가 아니다. 군단. 군중. 수만 명이나 되는 이들이 한 번에 움직여야만 가능한 기세다. 그것도 하나같이 흉흉한 느낌을 뿌려 대는 것으로 보아 전쟁을 준비하고자 하는 자들임을 알 수 있었다.

　"저들이 풀려난다면 세상에 액운이 내려앉겠구나."

　지난날의 원한을 갚고자 하려는 것일까. 저들이 가슴 속에 품고 있는 분노가 여기까지 밀려드는 것 같다. 데리고 있는 고수들도 너무 많다.

　언제나 천문을 엿보았던 그였기에 더더욱 확실하게 느낄 수 있다.

　저들의 포효가 중원을 향한다면…… 이 나라는 속절없이 무너지고 말리라.

그렇다면 막아야만 한다.

문선은 천천히 허공으로 손을 뻗었다. 무언가를 강하게 움켜쥔다는 생각을 하자, 공간이 크게 굴절이 되면서 어떤 것이 그의 손에 단단히 잡혔다.

공간을 꺾는 힘.

그것이야말로 문선이 자랑하는 힘이었으니.

바로 그때,

콰콰콰콰──쾅!

갑자기 세상이 무너져 내릴 것 같은 엄청난 폭발이 발생한다.

하늘 위로 엄청난 먼지 구름이 치솟으면서 저 멀리 산 하나가 무너져 내리고 있었다. 보이지는 않아도 그 아래에는 아마 상당한 수의 사람들이 몰려 있었으리라.

사람을 생매장한다는 것은, 정말이지 끔찍하기 짝이 없는 일이었다.

'내 여기서 쌓아 올린 혈업(血業)은 이 몸의 어깨에 실어 남은 평생을 들여 어떻게든 씻어 내리라!'

문선이 아랫입술을 질끈 깨물며 몸을 날린다.

팟!

한참을 달리다가 한 곳에서 멈춰 선다.

그의 눈이 살짝 커졌다.

"뭐……지?"

분명 산이 무너지고 모래 기둥이 치솟는 걸 직접 보았건만.

그가 도착한 곳에서는 아무것도 찾을 수가 없었다.

그저 무너진 잔해만 있을 뿐.

'함정!'

문선이 화들짝 놀라 뒤로 몸을 물리려 하는 그때,

고오오오오!

갑자기 문선의 주변을 따라 엄청난 크기를 자랑하는 거무스름한 그림자가 맺혔다. 도합 아홉 개의 그림자는 문선이 빠져나갈 수 없도록 주변을 둘러치면서 서서히 형상을 갖춰 간다.

마치 악마가 저승의 문을 뚫고 튀어나온 것처럼 흉측한 인상이다.

천마혼. 아홉 개의 흉신악살이 서서히 모습을 드러내며 문선에게 차가운 이빨을 드러낸다.

"무언가가 올지 모른다는 말은 익히 들었지만 정말로 걸려들 줄이야."

"정말이지 신인의 안목은 무시할 수가 없어."

흉신악살이 무너진 산더미 위에 서서 문선을 올려다보고 있었다. 그리고 그 옆으로는 홍운재 장로들이 진을 치고 있어 이중으로 겹을 친다.

문선의 얼굴이 살짝 일그러진다.

"대체 어떻게 알고 있었던 거지?"

조철산이 차갑게 웃었다.

"아주 오래 전부터 련 내에도, 야별성 내에도 장난질을 하던 너희들이 설마하니 기왕부에는 손을 대지 않았으리라 생각했을 것 같나?"

"……우리가 너무 안일했군."

문선은 자신들의 실수를 인정해야만 했다.

결국 녀석들은 모든 걸 알고 있었단 뜻이다.

기왕부 내에 숨어져 있는 진성황의 손길도. 그들이 어떻게든 움직일 거란 사실도. 심지어 사신의 존재까지도.

거기다 황실을 골치 아프게 만들었던 무신련과 야별성, 두 곳의 절대 고수들이 모두 합심을 하여 그를 잡고자 한다.

과연 이곳을 빠져나갈 수 있을지…….

더불어 한 가지 사실도 깨달았다.

이곳엔 그가 잡으려는 놈이 없다.

"창붕은…… 어디에 있느냐?"

＊　　　＊　　　＊

"자, 이제 모두 검을 내리고 투항하라. 이대로 싸워 봤자 그대들이 이길 가능성은 어디에도 없다."

진성황은 모두 끝났다는 듯이 서슬 퍼렇게 외쳤다.

보병들이 창을 꺼내어 견제를 하고 있는 상황에 진성황까지 있다면 당연히 불리할 수밖에 없다.

하지만,

"전원…… 산개하라!"

히히히힝!

"그 명령만 기다렸수다!"

호인들은 도리어 기분 좋다는 듯이 자신들의 목을 겨누던 창을 밀치고 말을 몰아 일제히 관도를 따라 흩어지기 시작했다. 몇몇은 창에 목이 찔리거나 낙마를 하는 등 부상을 입었지만, 상당수가 빠져나가는 데 성공했다.

"이 무슨!"

"당신이 그토록 사랑하는 백성들을 상대로도 같은 짓이 가능한가 보자고요."

"고야아아아아아안!"

진성황은 대추처럼 얼굴이 시뻘게진 채로 주설현에게 달려들었다.

쐐애애애애애액!

이쪽으로 날아드는 상대를 보면서 주설현은 눈을 질끈 감았다.

사실 주설현은 이미 근방에 백성들이 모두 피난을 떠나 마을이 텅텅 비었다는 사실을 잘 알고 있었다. 그런데도 마치 그들을 인질로 잡은 것처럼 꾸민 것은 상대를 이쪽으로 유인하기 위해서였다.

이곳에는,

채애애애애앵!

진성황을 막기 위해 쳐 둔 덫이 있기 때문이었다.

요란한 소리가 사방으로 울려 퍼진다.

"네, 네가 어떻게 이곳에……!"

주설현은 천천히 눈을 떴다.

그곳엔 무성이 담담한 눈빛으로 진성황의 검을 손날로 막아 내고 있었다.

무성은 진성황의 검을 그대로 물리치면서 단숨에 안쪽으로 파고들었다. 동시에 오른손을 활짝 펼치면서 장저로 가슴팍을 찍어 온다.

진성황은 본능적으로 검을 안쪽으로 잡아당겼다.

콰아아아아앙!

이미 신의 경지에 다다른 자들답게 둘의 충돌로 생긴 충격파는 아주 대단했다.

그들에게서 일어난 폭발이 사방으로 휘몰아치면서 딛고 있던 땅이며 주변의 건물이 무너져 내리고, 거센 후폭풍이 불어닥친다.

진즉에 호인을 잡으러 몸을 빼지 않았던 자들은 후폭풍에 떠밀려 바닥에 나뒹굴고 말았다.

모래 안개가 일어난 자리.

안개가 흩어져 사라지자, 무성과 진성황이 서로 으르렁거리며 기세 다툼을 벌이고 있었다.

무성은 수도를 바짝 세운 채. 진성황은 자신의 검을 끝까지 내려뜨린 상태로.

지이이이이잉!

검이 미친 듯이 울음을 토한다. 단숨에 무성을 베어 버리려는 듯 몸을 꿈틀거린다. 하지만 단단한 무성의 손은 피륙에 상처 하나 나지 않았다.

공력 대(對) 공력.

무성과 진성황은 서로 단 한 치의 흐트러짐도 보이지 않는다.

"네놈이…… 대체 어떻게……?"

진성황의 두 눈이 이글거린다.

무성은 차갑게 웃었다.

"왜 그러시오? 당연히 기련산에서 기어 나오다가 수하들과 함께 폭발에 휘말렸어야 할 놈이, 당신과 같은 사신의 공격을 받았어야 할 놈이, 이곳에 있다는 사실이 그토록 믿기지 않는 것이오?"

"……!"

진성황의 눈이 커진다. 대체 그 사실을 어떻게 알아낸 거지?

"당신이 우리에게 끄나풀을 심어 뒀듯이 우리 역시 당신네들이 갖고 있는 곳에다 그런 것을 심었으리란 생각은 하지 않으셨소?"

"……우리 내에 배신자가 있다는 뜻인가?"

"마음대로 생각하시오."

무성은 입꼬리를 말아 올리며 선고를 내린다.

"대신에 이제 더 이상 당신의 뜻대로 풀리지 않을 거란 것만은 알아 두시오."

쾅!

무성은 지반이 내려앉을 정도로 세게 진각을 찍고,

쿠쿠쿠쿠!

몸을 앞으로 밀면서 공력을 한껏 불어 넣었다. 손날이 새하얀 빛무리로 휩싸이면서 공간을 그대로 도려낸다.

진성황은 쉽게 당해 내기 어려울 거란 생각에 주춤 물러섰다.

무성은 그때를 놓칠세라 더더욱 밀어붙인다.

콰콰콰콰콰콰쾅!

무성과 진성황은 그 뒤로도 미친 듯이 충돌했다.

진성황이 검을 아래로 내려친다 싶으면 무성은 몸을 옆으로 틀면서 영검을 뽑아 우측으로 틀어 버린다. 동시에 좌측 사각지대에서 영검을 뽑아 이기어검으로 공격을 시도했다.

쐐애애애액!

진성황으로서는 정면에서 찔러 오는 공격에 집중하지 않으면 후미를 노리는 이기어검에 등이 노출되는 상황.

하지만,

까가가가가강!

진성황은 검을 아래로 내리며 무성의 공격을 옆으로 빗겨 내고, 동시에 몸을 기괴한 방향으로 꺾으며 아래에서 위로 검을 쳐올렸다.

그를 둘러싸려 하던 다른 영검도 모두 튕겨 낸다. 아니, 그냥 부숴 버린다. 과격한 공력을 포함한 연쇄 공격으로.

퍼퍼퍼펑, 영검이 터지면서 이를 이루던 공력이 폭발해 생긴 소리가 요란하게 울려 퍼진다.

'과연 대영반……!'

무성은 크게 놀라고 말았다.

과거 낙양에서 패배를 당한 것은 우연이 아니라는 듯 진성황은 너무나 압도적인 힘을 자랑했다.

대체 이 공력과 패기를 어찌 설명할 수 있단 말인가.

무신과 천마, 두 고수의 공력을 한 몸에 담아 이제 공력으로는 당해 낼 자가 없으리라 생각했던 무성의 보유량을 훨씬 넘어서고 있었다.

콰릉! 콰릉! 콰릉!

마치 천둥이 울리는 것이 아닐까 싶을 정도로 요란하게 이어진다.

더구나 진성황의 검로는 다변(多變)하다.

한평생 검에 미쳐 살았던 것이 헛되지 않음을 증명이라도 하려는 듯 진성황이 쏟아 내는 무지막지한 속도와 예측 불가능한 여러 공격은 눈이 어지러울 정도였다.

하지만 무성에게는 묵혈관법이 있다.

그 어떤 것이라도 중심을 이루는 결이 존재한다.

일결.

그곳을 따라 손날을 내려친다.

콰콰콰콰콱!

비스듬하게 공간이 어긋나면서 진성황이 허공에 뿌려 댔던 수십 개의 강기가 모조리 부서져 나간다.

잘게 바스러진 공간의 파편들이 튀어 오르고, 그 사이로 무성이 깊게 파고든다. 주먹을 꽉 쥐면서 진성황의 검을 후려쳐 버린다.

콰아아아아아아─앙!

공간이 떠밀려 나는가 싶더니 그대로 진성황을 밀어낸다. 동심원 모양의 파문이 사방으로 흩어지면서 공간을 왜곡시킨다.

부서진 공간을 따라 진성황이 갖고 있던 검에도 잔뜩 금이 가면서 폭죽처럼 터져 나간다.

그리고 그 뒤에는 무성의 주먹이 진성황의 복부를 세게 후려갈겼다.

퍼어어어어어—엉!

"컥!"

진성황은 피 화살을 잔뜩 토하면서 뒤로 크게 튕겨 나 뒤쪽에 있던 건물 다섯 채를 잇달아 무너뜨렸다.

우르르르.

"대영바아아아아안!"

"주구우우운!"

진성황이 당할 것이라고는 전혀 예상치도 못했던 사람들의 얼굴에 경악이 잔뜩 흐른다. 특히 산개한 호인들을 뒤쫓던 병사들은 멍하니 눈을 크게 떠야만 했다.

그만큼 진성황의 지금 모습은, 도저히 믿을 수가 없는 것이었다.

그들에게 진성황은 신, 그 자체나 마찬가지였으니!

하지만 무성은 진성황이 고작 이것으로 질 사람이 아니라는 걸 너무 잘 알고 있었다.

쉭!

어기충소의 수법으로 몸을 허공으로 길게 쭉 뽑는다.

휘리리릭, 그를 따라서 막강한 기류가 불어온다 싶더니 새로운 형상을 갖춘다. 백 개나 되는 영검이 이빨을 잔뜩 드러낸 채로 진성황이 있던 자리로 연신 떨어진다.

폭격이다.

아예 그가 있는 자리를 쑥대밭으로 만들어 버리겠다는 듯, 아무것도 남기지 않기 위해 쉴 새 없이 쏟아진다.

하지만,

쿠르르르르!

그 위로 무언가가 솟아오른다 싶더니 하늘 높이 닿는다.

날카로운 그것은 비스듬하게 움직이면서 도중에 있던 모든 것들을 단숨에 쓸어버린다. 영검이 모조리 허공에서 격추되거나 휘말려 사라졌다.

동시에 하늘을 빼곡하게 물들이고 있던 먼지 구름이 확 하고 흩어지면서 누군가가 튀어나왔다.

"이노오오오오옴!"

진성황이 잔뜩 피를 흘리는 모습으로 노호성을 터뜨린다. 언제나 고고한 인상을 자랑하던 그가 흉신악살처럼 얼굴을 잔뜩 일그러뜨리면서 달려들었다.

그의 손에는 이미 검신이 모두 부서져 자루만 남아 있었다. 하지만 그 위로 강기가 자라나 원래 검의 형태를 갖춰 버렸다.

콰르르르르!

무성은 억지로 진성황을 막았지만, 충격파가 워낙에 대단해 뒤로 쭉 미끄러졌다. 그가 딛고 있던 자리로 엄청난 길이의 고랑이 파였다.

무성은 양손으로 검강을 막아 밀어내려는 형태, 진성황은 어떻게든 무성의 몸을 잘라 버리기 위해 검강을 억지로 밀어 넣는 형태를 취한다.

그 사이에 기파 싸움이 어마어마하게 벌어진다.

이미 그들이 있는 주변으로는 남아 있는 것이 거의 없었다.

*　　　*　　　*

무성이 진성황과 싸우면서 재해를 일으키는 동안, 주설현은 자신이 할 수 있는 일을 찾았다.

"이럇! 이럇!"

재빨리 주인을 잃은 말 위에 올라타 전열을 정비한다.

뜻하지 않게 벌어진 시가전(市街戰)이다.

당연히 빠른 기동력을 자랑하는 기마병들에게는 불리할 수밖에 없는 구조다.

보병들로서는 엄폐물도 많은 데다가 몸을 숨길 수 있는 곳도 많으니. 때에 따라서는 지형지물을 이용해 함정을 파서 기마병들을 차례로 몰살시키는 것도 가능하다.

하지만 주설현이 어디 그것을 고려하지 못했을까.

아버지 기왕과 함께 황도를 오랫동안 수호했던 그녀는 황도의 구조를 너무나 잘 안다.

황도에는 가장 큰 약점이 있다.

너무 크고 발달된 도시라는 점.

기마병들에게는 이 점이 더더욱 부담스러울 것이나, 한 가지만 달라진다면 이야기는 천지 차이가 된다.

바로 말이 다리가 짧은 과하마가 된다면.

과하마는 일반 말들에 비해 덩치가 작다. 그래서 순간적인 속도를 잘 내지 못한다. 하지만 반대로 방향 전환과 지구력만 따진다면 제일이다.

그 때문에 과거 원나라가 중원을 정복하는 것으로도 모자라 서역까지 모두 평정할 수 있지 않았던가.

하물며 그들에게는 수많은 도시들을 공략하면서 쌓아 온 시가전 경험도 풍부하다.

"다들 이곳을 도시라 생각지 마라! 우리들이 온 드넓은 목초지라고도 생각지 마라! 그저 우리들이 사냥을 즐기던 숲속. 놀이터라고 생각하라!"

숲은 갖가지 장애물이 있다. 하지만 그 속에는 오랫동안 인간과 동물들이 밟고 지나간 길이 있고, 유목민들은 그곳을 따라 흩어졌다가 모이기를 반복하면서 사냥감을 한곳으로 몰아넣는다.

지금이 딱 그랬다.

병사들이 뒤를 쫓을 때쯤 호인들은 기마의 이점인 속도를 이용해 놈들을 따돌리고, 반대로 크게 원을 그리며 건물 몇 개를 돌아 놈들의 후미를 들이쳤다.

파바바박!

활시위를 당겼다 놓을 때마다 화살이 허공을 아주 길게 할퀴고 지나간다.

그럼 병사들은 저마다 목에 뭔가를 하나씩 박은 채로 붕 떠올랐다가 땅바닥을 구르고 말았다.

만약 병사들이 단단한 밀집 대형을 갖추면, 직접 상대하지 않고 주변만 뱅글뱅글 맴돌면서 화살만 자꾸 쏴 대길 반복했다.

그러면 그럴수록 상대적으로 몸이 배로 불어난 자들 사이에 둘러싸인 것 같다는 생각에 병사들은 심리적으로 위축이 되어 빨리 피곤함을 느꼈다.

슥! 스슥!

그럼 칼을 맡은 호인들이 득달같이 달려들어 놈들의 빈틈에다 칼을 쑤셔 댄다.

심리적으로 위축된 병사들은 반격 한번 제대로 못 한 채 칼
에 맞아 피를 토하며 쓰러지거나, 목이 꿰뚫려 뒤로 넘어갔다.

차례로 병사들이 죽어 나간다.

"공주 마마! 공주 마마! 부디! 부디 살려만 주십시오!"

궁지에 내몰린 병사들은 저쪽 멀리서 전장을 지휘하는 주
설현을 발견했다. 그들은 저마다 무기를 버리고 땅바닥에 주
저앉으며 눈물로 읍소를 했다.

지난날의 정을 보아 제발 목숨만큼은 살려 달라고 빌어 댄
다.

주설현 역시 이미 승기가 이쪽으로 다 쏠린 마당에 더 이상
의 학살은 할 필요가 없었다.

하지만,

"그 누구도 저들이 하는 말을 듣지 마라."

주설현은 가차 없이 저들을 내쳤다.

이유가 어찌 되었건 간에 아군이라면 어떻게든 가슴에 품으
나, 한 번 배신한 자는 절대 살려 두지 않는다. 한 번 배신한
자는 두 번, 세 번으로 이어질 수 있다.

그것이 기왕부가 오랫동안 황도를 수호할 수 있었던 이유
다.

여인의 몸이지만, 기왕의 피를 아주 뚜렷하게 이어받은 주

설현으로서는 배신자를 두고 볼 이유가 전혀 없는 것이다.

더구나 아직 야만적인 습성이 강한 호인들로서는 이미 피를 맛본 이상 멈추라고 할 수가 없었다.

결국,

화르르륵!

"불이다! 불이야!"

"하하하하하! 우리들의 축제를 즐기기에 아주 즐거운 날이로구나!"

황도 한쪽에서 불길이 치솟으면서 화마가 잔뜩 퍼져 나간다.

"남은 쥐새끼들을 주살하라!"

"승리자가 누군지를 저들에게 똑똑히 각인시키라!"

호인들은 승리자로서의 여유를 한껏 만끽하면서 남은 자들을 뒤쫓았다. 건물 안에 숨어 있던 병사들이 불길을 피해 달아나다 쫓아온 검에 목이 달아난다.

주설현은 그때 다른 쪽으로 시선을 돌렸다.

황도가 완벽하게 그녀의 수중에 떨어지는 동안, 지금쯤 황궁은 간독의 손에 유린을 당하고 있을 터였다.

*　　*　　*

"뚫어라, 어서! 이곳을 손에 넣지 못하면 아무것도 남지 않는다!"

황궁을 장악하기 위한 금의위와 동창의 충돌은 여전히 끝을 모르고 이어진다.

고겸추는 고래고래 소리를 질러 댔다.

처음 금의위가 정문을 통과했을 때까지만 하더라도 승리를 장담했다. 더 이상 자신들을 막을 것은 어디에도 없을 거라고 여겼다.

하지만 황제가 없다는 사실을 알았을 때부터 일이 잔뜩 꼬였다.

나락인수들이 궁궐 곳곳으로 숨어, 황궁 장악을 시도하는 금의위를 베기 시작한 것이다. 한평생을 궁에서만 살며 곳곳에 위치한 비밀 통로와 장치 등을 상세히 파악하고 있기 때문에 가능한 일이었다.

채채채챙!

따다당!

검과 검이 부딪치는 소리가 곳곳에서 울리고,

"크아아아악!"

"으어어억!"

비명 소리가 황궁을 가득 채운다.

언제나 경건하고 엄숙해야 할 나라의 중심이, 심장이, 머리

가. 비명과 피 냄새로 짙어지고 있었다.

이에 맞춰 금의위도 점차 궁지로 몰렸다.

"북쪽 신무문으로 이동했던 삼대 칠조, 궤멸!"

"칠대 일, 이, 삼, 연락 두절! 이로써 칠대 전체가 전멸한 것으로 예상됩니다!"

"십이대에서 지원을 요청합니다! 어찌해야 할까요?"

곳곳에서 전멸을 알리는 각 분대의 소식이 잇달아 전해진다. 지원 요청과 퇴각 요청도 줄지어 그 뒤를 따라 이어진다.

"부영반!"

"부영반……! 결단을 내려 주셔야 합니다!"

고겸추는 이를 악물었다.

알고 보니 이곳은 늪이었다.

금의위를 착실히 죽이기 위해 저들이 만든 늪.

안쪽으로 들어가면 들어갈수록 늪이 자꾸만 몸을 빨아들인다. 빠져나오기 위해서 허우적거려도 그저 의미 없는 몸부림일 뿐이다.

"놈들이 숨어 있는 비밀 통로를 알아낼 방도는……?"

"아직 파악 중입니다만…… 자칫 그 안에……. 하지만 방법을 마련하려면 하나밖에 없습니다."

"불을 지르는 것은 용납지 못한다."

고겸추는 부관이 하려는 말을 먼저 잘라 버렸다.

저 귀찮기 짝이 없는 환관 놈들을 색출하는 데 불을 지르는 것만큼 편한 것도 없다.

하지만 진성황에게서 엄명이 있었다.

무슨 일이 있어도 궁에 화재가 일어나는 것만큼은 막으라는 것.

황제의 신병을 이쪽에서 접수할 수 있으면 모르되, 그것이 불가능하다면 모든 명분이 사라지기 때문이다. 구국을 위해 내린 결단이 매국이 될 수도 있다.

동창도 그런 사실을 잘 알기 때문에 철저히 이용하고 있다.

이대로는 금의위가 황궁을 완전히 제압하기 위해서 한참이나 시간이 걸릴 터다.

결국 금의위는 계산을 잘못했다.

첫째, 동창의 전력을 너무 과소평가했다는 것.

'아니. 우리가 잘못 판단한 게 아니야. 다른 누군가가 동창을 도와주고 있어. 철저히 유격전으로 이끌면서 전열을 지휘하는 자가 있어.'

제독태감 자항은 큰 밑그림을 그릴 줄은 알아도, 군략(軍略)에 대해서는 전혀 무지하다. 여기에 대해서 아주 잘 아는 자가 저들에게 있다.

불행히도 그럴 만한 자로 떠오른 이가 있다.

'독안대망.'

간독. 낙양 포위를 허무로 돌렸던 귀병가의 이인자. 무신련 주의 오른팔.

그 자라면 이 모든 상황을 유도하는 것이 가능하다.

하지만 이런 것쯤은 쉽게 무너뜨릴 수 있다.

금의위에게도 간독과 비슷한, 아니, 그보다 더 한 군략가가 있으니.

그런데도 이렇게 상황이 복잡하게 꼬인 것은 저쪽에 상식적으로 전혀 생각지 못한 돌발 변수가 생겼다는 뜻이다. 허가 찔린 것이다.

'원래대로라면 대영반께서 군사들을 이끌고 합류를 하셨어야 하지만……!'

고겸추는 뒤쪽으로 시선을 돌렸다.

화마에 휩싸인 황도의 북쪽 지대가 보인다.

뭔가 일이 단단히 꼬였다는 뜻일 테지. 이게 바로 돌발 변수다.

벌써 이 일만 하더라도 반란을 획책한 금의위는 백성들의 지탄을 받게 될 것이다. 그렇다면 황궁까지 건드려서는 안 된다.

'누군지는 몰라도…… 우리의 움직임을 모두 예측하고 있어. 마치 머리 위에서 내려다보는 것처럼. 예언에 가깝게 맞추고 있어. 그리고 허를 찔러 버린다.'

아마도 이런 대국적인 관점의 전술을 짜는 사람은 간독이 아닌 다른 누군가가 따로 있으리라.

그런데 그 모습이 꼭 누군가를 떠올리게 만든다.

'학적 어르신과 너무나 닮지 않았나……!'

어느 날에 진성황이 초빙해 온 이름 모를 군략가. 다리를 쓰지 못하는지 바퀴가 달린 의자에 올라 타 돌아다니던 그는 무언가를 말할 때마다 상대의 허를 찌르며 단숨에 파고든다.

그런 게 지금 무신련의 행사와 너무나 비슷하다.

하지만 고겸추는 고개를 털었다. 자신이 알기로 학적의 맥은 그의 대에서가 마지막이었으니.

더구나 학적과 같은 자를 상대해야 할지 모른다는 생각은, 단순히 상상하는 것만으로도 암담하게 만들어 버린다.

결코 그런 일이 있어서는 안 된다.

고겸추는 아랫입술을 질끈 깨물었다. 결국 결정을 내려야만 했다.

이럴 때를 대비해 학적이 내준 명령이 하나 있었다.

"병력을 정문 쪽으로 한데 모아라. 차례로 천천히 밀고 들어간다. 그리고 만약을 대비해 백혈위는 뒤에 따로 빠져 예비대를 편성한다."

고겸추는 이보 전진을 위한 일보 후퇴를 택했다.

뿌우우우!

정문에서 뿔 나팔 소리가 크게 울린다.

그러자 금의위는 주변을 경계하면서 천천히 몸을 뒤로 물렸다. 또 어디서 동창이 나올지 모르기 때문에 도망치는 데도 최대한 조심하는 기색이 역력하다.

"병력들이 대거 물러나고 있습니다. 쫓을까요?"

"아니. 쫓지 마. 뭔가 숨기는 것이 있을 수 있으니. 이쪽도 병력을 다시 거둬들여. 그리고 밖으로의 퇴로를 확보해 놔. 놈들이 정말 악에 받쳤다면, 최악의 수로 불을 지르려 들지도 모르니."

"존명."

간독은 물러나는 수하를 보면서 지끈거리는 머리를 꾹꾹 눌렀다.

명령에 따라 저 멀리 나락인수들이 다시 물러나 황궁 곳곳으로 숨는 게 보인다. 자신을 따라 왔던 귀병가의 무사들은 다시 이쪽으로 뭉쳤다.

"황궁을 털러 왔으면서 도리어 황궁을 지켜야 하는 입장이라니. 대체 뭔 이딴 경우가 다 있어? 하여간 애송이가 주는 지시치고 제정신인 걸 못 봤어."

간독은 입술을 이죽거리며 투덜거렸다.

하지만 입가엔 잔잔한 미소가 퍼진다.

아무리 생각해 봐도 이번 작전은 상대의 허를 완벽하게 찌른 공격이었다.

자항을 통한 황궁 침투, 대영반의 반란, 호인들의 무혈입성, 대영반과 금의위의 분리, 그리고 각개격파 시도까지, 전부 자로 잰 듯이 딱딱 맞아떨어졌다.

무성을 잡기 위해 움직였던 고수는 도리어 후성구롱과 홍운재에 가로 막혀 수만 명이나 되는 병력을 홀로 감당해야 할 것이고, 역적 세력을 한 번에 소탕하려 했던 진성황 역시 뜻하지 않게 무성을 만나 손발이 꼬이고 말았을 테니.

계략만 따진다면 이쪽의 완승(完勝)이다.

황궁과 황도를 손에 넣었고, 금의위와 진성황을 철저하게 고립시켰으니.

어디 그뿐이랴.

무신련은 이 일로 완벽한 명분까지 손에 넣었다.

황도를 금의위로부터 지키려 했다는 명분.

금의위가 이곳에서 빠져나가려 시도를 해서 어찌어찌 성공한다고 한들, 과연 백성들의 민심이 떠난 마당에 재기를 성공할 수 있을까?

"물론 그걸 보고 있을 생각은 추호도 없지만."

간독은 마치 먹이를 노리는 뱀처럼 입술을 혓바닥으로 가볍게 축인다. 길게 찢어진 두 눈은 저 멀리 뭉치기 시작한 금의위를 노려본다.

저들이 또 무엇을 노릴 지는 불을 보듯 뻔하다.

"중구난방인 색출로는 안 될 테니, 이제는 착실하게 밀어붙이려 할 텐데 말이지."

저들이 펼칠 수 있는 경우의 수야 이미 무성과 모두 파악을 해 뒀다. 기껏해야 두어 개밖에 안 된다.

아마도 정문 쪽에 있는 궐부터 착실하게 점거를 하면서 점진적인 움직임을 보이리라. 밀집 대형을 갖추면서 이동한다면 시간은 많은 소모될지라도, 유격전에서 각개격파를 당할 가능성이 줄어드니.

그렇다면,

"굳이 그 장단에 어울려 줄 필요는 없지."

간독은 수하에게 명을 내렸다.

"우리는 일단 궁을 빠져나간다."

＊　　　＊　　　＊

"백혈궁, 점거!"

"신무문, 점거 완료!"

"청의전, 이상 무!"

고겸추는 인상을 잔뜩 찡그렸다.

"……다들 어디로 간 거지?"

놈들의 처절한 저항이 있을 거라고만 여겼는데 아무 이상도 없이 조용하다. 아까 전까지 벌어졌던 혈투가 마치 전부 거짓말이었던 것처럼.

"구문까지 완료! 황궁을 모두 점거하였습니다! 녀, 녀석들의 흔적은 찾을 수가 없습니다!"

"뭣이?"

고겸추의 눈이 부릅떠진다. 여태 그토록 처절하게 싸워 놓고서는 황궁을 그냥 버리고 사라졌다고? 대체 무슨 이유로?

바로 그때였다.

쾅! 콰콰쾅! 콰콰쾅!

갑자기 하늘이 찢어지는 것 같은 엄청난 굉음과 함께 저쪽에서 황궁의 정문이 그대로 박살이 나 버렸다. 뒤이어 주변을 따라 둘러친 성곽이 일제히 무너진다.

"이, 이게 무, 무슨……!"

밖에서 황궁을 향해 쏘아 대고 있는 것.

바로 대포였다.

그것도 엄청난 크기를 자랑하는 철혈포(鐵血砲)라는 이름의 대포로, 저 머나먼 북방이나 왜구를 격퇴할 때나 쓰는 무기였다!

그때 밖으로 상황을 확인하러 움직였던 척후병이 피를 잔뜩 흘린 채로 돌아왔다.

"크, 큰일입니다! 처, 철혈포가 이미 궁 주변을 전부 에워쌌습니다!"

"뭣이!"

고겸추는 옆에 있던 전각의 용마루에 올라서서 밖을 보았다가 소름이 쫘르르 돋는 것을 느꼈다

정말 척후병의 보고대로 궐을 따라서 백여 개가 넘는 철혈포가 진을 잔뜩 치고서 이쪽을 향해 포구를 겨누는 중이었다.

마치 자신들이 낙양을 포위했을 때처럼!

'서, 설마 우리들이 황궁을 점거하지 못하게끔 시간을 끌었던 이유가 이것이었나……!'

저 많은 철혈포를 갑자기 꺼냈을 리는 만무한 일. 그렇다면 비밀 통로를 통해 궁 안에 적재되어 있던 것들을 모두 밖으로 이동시켰단 뜻이다.

대포의 무게며 탄환의 수를 고려해 본다면 말도 안 되는 시간이 필요할 테지만, 실제로 금의위는 그만한 긴 시간을 내어주고 말았다.

콰쾅! 콰콰콰콰쾅!

철혈포는 쉴 새 없이 불을 뿜었다.

"궁을 빠져나가야 한다! 이곳에 있으면 먹히고 만다!"

충격도 잠시.

고겸추는 재빨리 병력을 물리려 했다.

하지만,

"밖으로 빠져나갈 수가 없습니다!"

"나가는 즉시 병력들이 전부 몰살을 당하고 있습니다!"

과거 낙양 포위 때, 무신련 병력들이 탈출구를 마련하기 위해 어떻게든 빠져 나오려고 할 때 몰살당해 버린 것처럼, 이제는 금의위가 같은 위기에 처했다.

고겸추는 머릿속이 하얗게 물드는 것만 같았다. 그는 하늘을 보며 고래고래 소리를 질러댔다.

"아아아아! 자항! 창붕! 네놈들이 기어코 사직을 결딴을 내려 이딴 짓을……!"

하지만 그의 절규는 오래 가지 못했다. 뚫린 성곽을 따라 날아온 포환이 그를 그대로 쓸어버렸다. 진성황을 따라 사직을 보존하기 위해 발버둥 치던 충신의 너무나 허망한 죽음이었다.

"부영바아아아안!"

금의위는 고겸추를 부르며 절규했지만, 곧 이어지는 포탄 세례에 뒤따라 휩쓸리고 말았다.

＊　　　＊　　　＊

"금의위의 잔존 병사들이 백기 투항을 요청하고 있습니다!"

"필요 없어. 지워."

간독은 주설현과 마찬가지로 차갑게 말했다.

놈들에 대한 원한은 이미 뼈에 사무칠 정도로 차갑다. 더구나 끝까지 상대의 흉중에 숨어 설쳤던 것을 떠올린다면 받아들이는 짓 따윈 절대 허락지 못한다.

결국 악독하기까지 한 결정에 금의위는 그대로 손도 쓰지 못한 채 전멸을 맞고 말았다.

간독은 턱짓을 했다.

"소식 띄워. 금의위는 정리됐다고."

잠시 후,

퍼퍼펑!

하늘 위로 붉은 폭죽이 터졌다.

이에 화답하듯이 황도 위로도 여러 폭죽이 계속 터져 나갔다.

마치 황도의 완벽한 점령을 축하라도 하듯이.

第九章

학적

퍼퍼펑, 하늘에서 무언가가 터져 나간다.

진성황이 고개를 높이 드니 하늘을 가득 메운 붉은 폭죽이 보인다. 그것이 무슨 뜻인지는 알 수 없으나, 직감적으로 깨달았다.

이미 일이 전부 틀어져 버렸다는 것을!

"……당해 버린 것인가? 이 내가, 진성황이?"

한평생 승리만을 일궜던 진성황으로서는 지금의 패배가 쉽게 와 닿질 않았다.

그만큼 충격적이었다.

그러면서도 한편으로는 그런 생각이 들었다.

지금의 이 전쟁. 이 싸움. 어딘가 낯이 익다.

'어쩌면 당연한가.'

진성황은 피식 웃어 버린다.

'묵가의 뜻을 잇도록 했던 것이……! 흡!'

하지만 진성황의 생각은 길게 이어지지 못했다.

쿠르르르릉!

무성이 손날을 안쪽으로 살짝 당겼다가 튕기자 공간이 쩌거걱 갈라져 나간다. 거기서 불어닥친 엄청난 폭풍이 진성황을 후려친다.

진성황은 몸을 비틀어 최대한 공격을 옆으로 흘리면서 무성의 허리춤을 좌측에서부터 공격해 나갔다.

무성은 왼손을 뻗어 영검을 자신의 앞에다 겹겹이 쌓아 검벽을 세웠다.

콰아아아아앙!

둘의 신형이 주루룩 미끄러진다. 충격파가 얼마나 대단한지 이미 그들이 디뎠던 땅은 초토화가 되어서 마치 유성우가 떨어진 것처럼 구덩이만 수십 개가 만들어진 상태였다.

"후우…… 후우……."

"하아…… 하아……!"

둘은 거칠게 숨을 토한다. 옷은 이미 갈가리 찢겨져 넝마가 되었고, 그 사이로 피가 쉴 새 없이 흘러내린다.

이미 무성과 진성황은 서로가 똑같이 지쳤다.

진성황은 이대로는 승부를 낼 수 없다는 사실을 절실히 깨달았다.

'너무…… 강해졌구나.'

끽해야 낙양 포위 이후로 이 년밖에 지나지 않았건만.

그동안 무성은 어느새 부쩍 성장을 해 버렸다.

과연 고금을 통틀어 이만한 성장 속도를 보인 자가 있기나 할까. 아니, 저 나이에 저만한 경지를 밟은 자가 있기나 할까.

'과연 녀석의 아들이란 건가……'

진성황은 인정할 수밖에 없었다. 녀석은 진가의 핏줄이다. 그렇기에 가깝게 느껴지면서도 또한 멀게만 느껴진다.

'아무렴 어떨까.'

그래. 진가의 핏줄이건 말건 간에 그게 무슨 상관이란 말인가.

지금은 적으로 만난 사이거늘.

처처척.

그때 주변에서 이쪽을 겨누는 살기가 느껴진다.

"……"

진성황은 무성을 향한 경계심을 늦추지 않으면서 가만히 주변을 둘러보았다.

주설현을 비롯한 호인들이 모두 주변을 삥 에워쌌다. 그들은 무성과 진성황이 보인 무지막지한 싸움에 경탄을 하거나 잔뜩 겁을 먹은 상태였지만, 포위를 풀 생각은 추호도 하지 않는다.

그들뿐만이 아니다.

방금 전에 불안한 기색을 느꼈듯이 분명 황궁에 있어야 할 동창과 귀병가도 포진을 갖춘 상태였다. 백여 개에 달하는 철혈포의 대가리가 이쪽을 겨눈다.

그리고 황제의 신병도 저쪽에 구속되어 있었다.

자항은 연신 식은땀을 흘리면서도 이 상황이 웃겨 죽겠다는 듯 푸짐한 턱이 떨리도록 웃어 댔다.

"홍홍홍홍. 죽기 전에 대영반이 이토록 수세에 몰리는 상황을 직접 보게 될 줄이야. 정말이지 살다가 별일을 다 보겠군요."

진성황은 인상을 잔뜩 찡그린다. 저딴 환관 나부랭이에게 무시를 당해야 하나 싶은 생각에 속이 부글부글 끓지만, 지금은 어쩔 겨를이 없다.

무성이 차갑게 입을 열었다.

"당신이 도망칠 구석은 어디에도 없소. 당신을 따르던 자들은 이미 전멸을 하였소. 순순히 무기를 버리고 투항하시오."

진성황이 어이없다는 듯이 코웃음을 친다.

"만약 무신련이 멸망을 한다면. 그대는 그런 원흉에게 순순히 항복할 수 있는가?"

"못 하겠지."

"내 대답이 바로 그것일세."

"흠. 어쩔 수 없구려."

고오오오—오!

무성은 더더욱 기세를 끌어 올렸다. 두 눈이 흉흉한 빛을
발한다.

"그렇다면 더더욱 베어 버릴 수밖에."

"해볼 수 있으면 어디 해보게. 하지만 자네 하나는 잡아갈
수 있을 듯싶으니."

진성황은 눈을 가느다랗게 좁힌다. 그가 다시금 내뿜는 기
세 역시 절대 만만치 않다.

두 사람은 그토록 치열한 격전을 반나절 이상 치른 사람이
맞나 싶을 정도로, 혹시 공력이 무한한 것이 아닐까 싶을 정
도로, 너무나 강한 기세를 뿌려 댄다.

'이 녀석이라면 내 최후를 맡겨도 상관없겠지.'

진성황은 검에 잔뜩 힘을 주었다.

열풍이 불어닥치고, 또 불어닥친다.

*　　　*　　　*

히히히히힝!

"모두 물러서라!"

"어느 누구도 저 안으로 접근하지 마라!"

동창, 호인 등 어느 누구도 기세의 영역 안으로 접근할 생각을 하지 못한다. 도리어 범위가 커지면 커질수록 자꾸만 물러서는 데 집중한다.

진성황을 압박하기 위해서 둘러치기는 했으나, 그들이 어떻게 할 수 있을 리가 만무하다.

이미 저곳은 신의 영역.

절대 범접할 수가 없다.

무엇보다 진성황이 품고 있는 기세는 이미 이전과는 너무나 달랐다. 시뻘겋게 충혈된 두 눈은 오로지 무성에게만 꽂힌 채, 갈 때 가더라도 혼자는 가지 않겠다는 집념을 물씬 풍긴다.

이미 진성황은 이곳에다 자신의 뼈를 묻는다는 각오로 서 있었다.

무성 역시 그에 맞춰 주려 한다.

여기에 개입을 한다는 것은 두 고수들에 대한 먹칠밖에 되지 않는다.

사위가 적막에 잠긴다.

휘이이이이.

바람 소리만이 적막을 흔들어 댔다.

＊　　＊　　＊

"하아아아아……!"

무성은 그의 의도를 읽고 호흡을 깊게 하면서 내공을 진정시키려 했다.

상대는 대영반. 자신을 궁지에까지 몰았던 자다. 너무나 밉더라도 그의 명예를 생각해서 최적의 몸 상태로 승부를 짓고 싶었다.

한편으로는 낙양 포위 이후로 여태 가슴에 눌러놨던 질문을 던졌다.

"아버지는, 어떤 사람이었소?"

순간, 투지를 불사르던 진성황의 눈동자가 살짝 떨린다. 그러다 피식 웃어 버린다.

"눈치챘던가?"

"그렇게 대놓고 티를 내는데 설마 몰랐겠소?"

무성은 눈을 가느다랗게 좁혔다.

"아버지가 갑자기 자취를 감춘 데에는, 당신과 어떤 관련이 있었던 게 아니오?"

사실 무성은 부모에 대한 기억이 거의 남아 있지 않았다.

'나'라는 자각이 있기 전부터 곁에는 줄곧 누이밖에 없었으니.
누이가 곧 자신의 아버지였고 어머니였다.

하지만 그때마다 누이가 했던 말이 있다.

"성아, 아버지를 너무 원망하지 마렴. 그 분은 우리를 너
무나 사랑하셨단다."

물론 그때는 그저 주변에서 아비 없는 자식이라며 손가락
질 받는 것을 어떻게든 달래주기 위해서 하는 말이라고만 여
겼다.

하지만 철이 들고 난 후부터 뭔가 이상하다는 생각이 들기
도 했다.

분명 듣기로 아버지는 동정호 인근에서 제법 힘을 쓰던 사
람이라고 들었다. 과거는 알 수 없으나, 사나운 기질이 있어
남들과 잘 섞일 수 없는 사람이라고 했다.

마치 과거 악에 찼던 무성처럼.

그러다 홀연히 사라져 버렸다. 무언가에 홀린 듯이. 누군가
에게 이끌린 듯이.

뭔가가 이상하다고 여길 수밖에 없다.

하지만 한 가지 단서가 들어간다면 이야기는 절대 어렵지
않다.

만약 아버지가 과거에 검을 쥔 사람이었다면.

무사가 되었건, 병사가 되었건, 어디선가 칼밥을 먹고 살았던 사람이라면 충분히 가능한 일이다. 사나운 기질이며 독한 성격, 남들과 융화되지 못하는 성미. 그러다 홀연히 사라진 것까지.

과거에 자신이 모시던 누군가가 불렀기에 가 버린 것이라면 말이 된다. 하지만 가족들을 위험으로 내몰 수 없기에 홀연히 사라진 것이다. 누이의 말이 맞는 것이다.

"맞다."

그러한 오랜 가정을, 무성이 어렴풋이 짐작은 하고 있었지만 절대 인정하지 않고 외면해 왔던 진실을, 진성황은 너무나 쉽게 긍정했다.

"네 아비는 내게 사적으로는 조카였고, 공적으로는 후계자였다. 바로 이 자리, 사신의 자리를 물려받을 존재였었지."

"……!"

무성의 눈이 살짝 커진다.

"하지만 언젠가 갑자기 홀연히 자취를 감춰 버렸다. 몇 년 후 뒤늦게 사람을 써서 알아봤더니 나 몰래 사사로이 어떤 여인과 정을 취하고, 자식까지 둘이나 낳았더구나."

"……."

"하지만 그것은 절대 허락되지 않는 일이었다. 본가는 아주 오랫동안 음지에서 황실을 수호해 왔던 가문. 특히나 사신의 직(職)을 이어야 하는 네 아비에게는 절대 허락되지 않는 일이었지."

진성황의 말이 조금씩 더 이어진다.

"하지만 내가 모든 사실을 알아차렸다는 걸 알게 된 네 아비가 빌더구나. 다시 조용히 따를 터이니 너희들에 대해서 그냥 없는 사람으로 잊어 달라고 말이다."

"그래서 어찌 하셨습니까?"

무성은 어느덧 하오체가 아닌 존대를 쓰고 있었다. 집안 어른에 대한 나름의 공경 표시다.

"그러겠노라 하였다. 실제로 네 아비와의 신의도 있으니 정말 너희 남매에게 몰래 붙여 놨던 사람들도 모두 거두고 신경을 꺼 버렸어. 하지만…… 그것이 모든 불행의 시초가 되었을 줄이야."

무성은 입을 꾹 다물었다. 진성황이 말하는 불행이 무엇인지는 말을 하지 않아도 알 수 있었다.

"이후에 뒤늦게 모든 사실을 알고 너라도 구하려 했다만 이미 재판은 진행된 뒤였다. 그때 너를 강제로 빼낼까도 싶었지만……."

"생각을 바꾸셨겠지요."

무성은 잠깐 입을 벙긋거리다 내뱉듯이 말했다.

"저를 당신의 후계자로 만들기 위해서."

"역시 거기까지 알아차렸구나. 역시나 넌 네 아비를 너무나 쏙 빼닮았어."

진성황은 웃었다. 절대 아니라는 말을 하지 않는다.

결국 무성은 모든 사실을 깨달았다.

자신이 북궁민의 눈에 띄었던 것부터 시작해서 혼명을 익히게 된 원인, 무신련으로 향했던 것까지 전부. 사실은 진성황이 꾸몄던 일들이었다.

"너는 내가 지켜보는 내내 놀라움만 선사해 주었다. 북궁검가를 그리 몰락시키고, 우리도 오랫동안 지켜만 본 무신련까지 좌초시키기 직전으로 몰고 갔으니."

"그리해서 저를 회유하려 하셨겠지요."

"무신련이나 초왕부에 대한 원한이라면 충분하리라 여겼으니까. 너의 그 복수심이라면, 힘을 준다고 하였을 때 나의 뒤를 잇기에 충분하리라 여기고 있었다. 하지만."

진성황은 씁쓸하게 웃었다.

"사부님이 나타나셨지요."

"그래. 무신, 그가 내 계획을 모두 뒤집어 버릴 줄이야. 네가 무신련과 그리 가까워질 줄 누가 짐작이나 했을까?"

"……."

"거기다 너는 내 도움 없이도 스스로 초왕부를 제거하며 복수를 하는 데까지 이르렀다. 야별성까지 무사히 없애 버렸고, 내가 생각했던 것과는 전혀 다른 길을 혼자서 아주 잘 걸어가고 있었던 거지."

진성황은 고개를 절레절레 흔든다.

"애초 이럴 운명이었는지도 모르겠다는 생각이 드는구나. 네 아비가 내 곁을 떠났던 것도 실상은 나와 가문이 주는 압박감이 싫어 나간 것이고. 그것을 네게도 억지로 씌워 주려 했으니…… 모두 어긋날 수밖에."

진성황은 후회를 하고 있었다. 하지만 후회한다는 말은 절대 하지 않는다. 자신이 걸었던 길은 당시에 절대적으로 필요한 것이었다고 말한다.

무성은 아랫입술을 살짝 깨물다가 물었다.

"……그럼 아버지는 어찌 되셨습니까?"

"나도 모른다. 사신의 빈자리를 맡고 난 뒤, 임무를 받고 북방으로 간 후, 갑자기 실종이 되고 말았으니. 시신조차 찾지 못했단다."

사신은 총 네 명으로 구성된다. 진성황, 문선, 대모, 그리고 무성의 아버지. 하지만 무성의 아버지는 자취를 감춰 버렸다.

"그렇군요."

무성은 가만히 고개를 끄덕였다.

이제 모든 의문이 끝났다.

정리를 해야만 할 때였다.

"누군가에게 구속되는 삶은 살고 싶지 않습니다. 저는 저만의 길을 걷겠습니다."

"그러게. 대붕은 한 번 날개를 펴면 구만 리를 나는 법이니……. 하지만 잊지는 말아 주게. 대붕이 날아올라도 돌아올 둥지는 있단 사실을."

가문을 잊지는 말라는 뜻이다.

그렇게 무성과 진성황이 마지막 대결에 돌입을 하기 위해 서로를 향해 손을 뻗었다.

진성황은 평생을 들여 완성시킨 절학, 황룡난세(黃龍亂世)를 따라 금빛 물결을 마구 뿌려 대고, 무성은 그 위에 그어진 일결을 따라 선을 내리그었다.

그리고,

스걱!

피가 위로 확 튀었다.

진성황은 크게 놀라고 말았다. 갑자기 무언가가 자신을 뒤로 휙 하고 민다 싶더니 다른 누군가의 핏물이 위로 튀고 있었다.

"너……!"

그녀는 바로 대모였다. 어린 소녀의 몸으로 천리안을 뜨고서 천하의 일을 조금씩 내려다보던 여인. 그녀의 왼쪽 팔뚝에서 피가 철철 흘러넘쳤다.

"피……해!"

억눌린 목소리가 울려 퍼진다.

하지만 그녀가 전달하고자 하는 의미는 심어를 통해 머릿속에 쩌렁쩌렁하게 울렸다.

『여기서 죽을 생각하지 마. 아직 우리에게는 해야 할 일이 많다는 걸 잊어버린 거야? 지난날에 맹세했던 것을 다 버린 거냐고! 화도(火道)를 버리면서까지 했던 맹세를』

"……!"

진성황은 골이 띵 하고 울리는 기분이었다.

화도.

이제는 이 자리에 없는 네 번째 사신이자, 무성의 아버지.

그가 사신과 황룡의 직위에 신물을 느끼고 떠났던 이유가 무엇이었나.

그랬다.

'내가…… 너무 안일했구나!'

이제야 눈이 확 뜨이는 것 같다. 감성에 젖었던 것이 물로 씻은 듯 확 사라진다.

자신은 여기서 반드시 살아남아야만 했다.

저 멀리서, 보이지 않는 학적이 손짓을 하며 말을 하는 것 같았다.

어서 이리로 오라고!

죽더라도 반드시 봐야만 하는 게 있다고!

"제길!"

그때 무성이 무언가 이상한 낌새를 눈치 채고 대모를 밀치고 진성황을 잡으려 했다. 대모가 능력만 대단할 뿐이지, 무력은 높지 않다는 것을 간파한 것이다.

하지만 이미 여기에 대한 준비도 갖춰진 뒤였다.

와아아아!

갑자기 한쪽에서 일련의 무리가 나타나더니 쐐기꼴 형태가 되어 이쪽으로의 진입을 시도했다. 고겸추가 만약을 대비해 예비대로 편성해 두었던 백혈위였다.

이미 금의위를 모두 정리한 줄로만 알았던 간독은 아차 싶어 이들을 막으려 했지만, 무성과 진성황의 격전이 심해지면서 포위망이 넓어져 얇아진 것을 노리고 단숨에 확 젖히고 들어왔다.

그들은 대모가 무성의 발목을 잡는 사이, 무성과 진성황 사이로 뛰어들어 다시 시간을 벌고자 했다.

"너희들……!"

"대영반! 부디 대업을 이루소서!"

"당신만큼은 이곳에서 살아남으셔야 합니다!"

대부분의 전력이 무성의 앞을 가로막고,

"어서 이곳으로!"

"저들의 희생을 헛되이 만들지 마십시오!"

소수의 백혈위가 눈물을 머금고 진성황을 붙잡아 뒤로 탈출을 시도했다.

간독과 주설현은 다급해졌다.

"대영반을 놓쳐서는 안 된다!"

"앞길을 막아라!"

당장 진성황을 잡아 두지 않으면. 만약 진성황이 풀려나게 된다면 그때는 정말 천하에 크나큰 전란이 발생하고 만다. 그를 추종하는 무부들만 모아도 일국(一國)을 세울 수 있을 정도니.

하지만 진성황으로부터 사사한 백혈위는 너무 강했다.

자신의 앞을 가로 막는 나락인수들을 모조리 베어 넘기고, 귀병가 무사들도 단숨에 밀쳐 낸다.

더구나 진성황까지 그곳에 있으니, 호인들은 단단히 겁에 질리기까지 했을 정도였다.

결국 숫자는 몇 백 배나 압도적으로 많으면서도 공간이 뚫리는, 절대 있을 수 없는 일이 발생해 버린다.

"젠장!"

무성은 진성황을 놓치지 않기 위해서 몸을 날리려 했지만, 백혈위가 악착같이 물고 늘어졌다.

퍼퍼퍼퍼펑!

영검을 잇달아 파산검훼로 날리며 이들을 치워 버리고자 한다.

따다다다당!

하지만 백혈위는 무성이 생각했던 것보다 훨씬 강했다. 영검에 당하는 자들도 있었지만, 더러는 튕겨내면서 무성의 팔다리에다 검을 박아 넣으려는 자들도 있었다.

'혼명! 이들도 혼명을 익혔어!'

어쩌면 당연한 일인지도 모른다.

이제는 혼명이 진씨 가문을 비롯해 사신에게 내려오던 것임을 알고 있으니. 진성황이 직접 교육을 시켰다면 혼명에 대한 이해도가 남다를 수밖에 없다.

덕분에 이들은 무성이 미처 파악하지 못했던 혼명의 사용법을 보이기까지 했다.

마치 한 몸처럼 서로 간의 공력을 공명(共鳴)시켜 위력을 배로 증강시킨다. 덕분에 무성은 한 명을 상대해도 세 명을 상대하는 것 같은 착각에 빠졌다.

결국 잡으려는 자와 잡히지 않으려는 자들 간의 싸움은,

콰르르르르르!

여기서 뼈를 묻기로 작정했던 진성황이 마음을 바꾸는 쪽으로 결정을 내리면서 모양새를 바꿨다. 무성에게 향했던 검강의 방향을 반대쪽으로 돌린다.

호인들이 그대로 쓸려 나가면서 퇴로가 확보된다.

콰아아아아아앙!

진성황은 그쪽으로 몸을 날렸다.

대영반의 첫 패퇴(敗退)였다.

"대영반께서 물러나셨다!"

"대영반께 시간을 벌어 드려라!"

백혈위는 목숨을 바친 자신들의 각오가 드디어 통했다는 사실에 쾌재를 외쳤다.

하지만 그것은 무성의 화를 더 돋울 뿐이었다. 아니, 화가 난다기 보다는 마치 보이지 않는 무언가에 단단히 두들겨 맞은 느낌이었다.

'대체 어디서 또 틀어져 버린 거지? 이건 마치 패배를 아예 상정하고 짠 작전이잖아!'

세상에 어느 군략가가 패배를 결과에 넣어 놓고 작전을 짠단 말인가.

물론 절대적인 열세의 상황에서는 그럴 수도 있을 테지만, 분명 이번 황도에서의 전투는 처음까지만 해도 저들의 우세로 보였다. 당연히 이런 것을 짜 둘 이유가 전혀 없었다.

그렇다는 건 절반쯤 임기응변이란 뜻이다.

하지만 정공과 변칙을 주로 하는 현 병략(兵略)에 이런 수를 쓰는 사람이 있단 말인가?

물론 있긴 있다.

하지만 이런 것을 자유자재로 다룰 사람은 이제 강호에 있어 무성밖에는 없다.

묵가.

겸애를 바탕으로 삼으면서 약자들을 위하는 사상가밖에는. 그들은 언제나 약자들을 보호하기 위해 군략을 짜기 때문에 생존과 임기응변에 능할 수밖에 없다.

지금 이 작전 역시,

'나 같잖아……!'

묵가와 너무 흡사했다.

그사이 진성황은 완전히 빠져나가 버렸다. 그만한 고수가 길을 내고 도망치고자 마음만 먹는다면 어떻게 잡을 수 있을까.

결국 무성은 이 모든 화를 다른 곳으로 돌려야만 했다. 영검을 이 모든 사태의 원흉인 대모와 백혈위 쪽으로 돌렸다.

겉으로는 그저 평범한 맹인 소녀로만 보이나, 그 속에는 커다란 무언가를 담고 있는 것이 보인다. 이 사람 역시 사신 중에 하나이리라.

츠츠츠츠.

단순간에 허공을 따라 영검이 수를 놓는다.

백여 명의 백혈위와 백여 개의 영검이 부딪쳤다.

그리고 그 날, 금의위는 수백 년 간의 전통을 뒤로 하고 백혈위와 함께 완전히 역사의 뒤안길로 사라지고 말았다.

*   *   *

대영반의 반란, 기왕부의 무혈입성, 무신련의 승리.

황도를 뒤흔든 전투가 속전속결로 이뤄지며 모두 끝났다는 소식이 천하에 파다하게 퍼졌다.

강호와 조정, 이 모두의 판세를 단숨에 뒤집어 버리는 일이기 때문에 초점이 황도 쪽으로 몰릴 수밖에 없었다. 특히나 무신련이 비운 자리를 노리던 각 지역의 문파들로서는 촉각을 바짝 곤두세울 수밖에 없었다.

조정의 일이 항시 거론되는 백청궁.

피난을 떠나거나 대영반 측에 붙어 숙청된 이들을 제외한 몇 안 되는 문무백관들 사이를 지나 두 사람이 천천히 걸음을 옮긴다.

무성과 기왕.

황제에 의해 몰락을 겪고 말았으나, 결국 와신상담으로 돌아와 천하를 거머쥐어 버린 자들.

저벅. 저벅.

언제나 당당했던 걸음걸이였지만, 이 년 만에 이곳을 찾은 기왕의 발걸음은 너무나 느리기만 하다.

그 걸음이 가까워질수록 옥좌에 앉은 황제의 안색은 눈에 띄게 창백해졌다.

지난 날 패왕이라 불렸을 정도로 호기 넘치던 모습은 사라지고, 이제는 잔뜩 겁에 질린 뒷방 늙은이만이 남아 있었다.

그것이 기왕의 가슴을 더욱 차갑게 만들었다.

'이 꼴을 보고자 그동안 고생을 했던가?'

감숙에서부터 황도까지. 딸이 드디어 모두 설욕했다는 말을 듣고 빠르게 오면서 너무나 많은 생각을 했다.

묻고 싶은 게 너무 많았다.

왜 자신을 그런 꼴로 만들어야 했는지.

왜 자신을 죽이려 했는지.

같은 아비와 어미를 둔 형제가 왜 서로에게 칼을 겨눠야만 했던 건지.

정말이지 묻고 싶은 질문이 백 가지도 넘었다.

하지만 이곳에 도착하는 순간, 그런 질문들은 허깨비처럼 확 하고 사라졌다.

허무함이 뼛속까지 깊이 내려앉는다.

이제는 황위고 복수고 간에 전부 내려놓아 버리고 싶다는 생각까지 든다.

하지만,

"그래도 종지부를 찍을 때까지는 전부 끝난 게 아닙니다."

무성이 나지막하게 말한다.

기왕은 그를 가만히 보다가 고개를 끄덕였다.

"그래. 전부 끝내야겠지."

그는 다시 눈가에 의지를 잔뜩 담으며 가장 끝에 놓인 옥좌 쪽으로 시선을 돌렸다.

"그동안 소신 없이 잘 지내셨나이까, 폐하?"

"유, 윤아, 그때의 일은 대영반이⋯⋯!"

황제는 지난날 자신이 저지른 죄에 대해서 변명을 하려는지 떨리는 목소리로 입을 열었다.

하지만 기왕은 말허리를 딱 잘라 버렸다.

"누가 어떻게 말했건, 장계를 올렸건 간에 그 결정을 내리신 것은 바로 폐하이시옵니다. 그렇다면 응당 그 책임의 몫도 폐하께서 지셔야지요."

기왕이 천천히 고개를 든다. 두 눈이 서슬 퍼런 빛을 토한다.

황제는 겁에 질려 더더욱 와들와들 떨기만 했다.

"이미 태감에게 들었사옵니다. 늘그막에 황자를 잉태하셨다지요? 그래서 행여 이 주일윤이, 앞으로 커 나갈 조카의 앞길을 가로막으리라 생각하셨던 것이옵니까?"

황제가 기왕부와 초왕부를 갑자기 제거하고자 나섰던 이유.

아주 간단했다.

갑자기 생겨버린 아들.

원자(元子)를 생산했다면, 당연히 그에게 황위를 물려주고 싶은 것이 부모로서의 마음이다.

하지만 이제는 모두 부질없어졌다.

자신의 안위도, 원자의 생사조차도.

황제는 무릎걸음으로 다가가 기왕의 바짓가랑이에 매달렸다.

"유, 윤아! 나, 나는 죽어도 괜찮다! 이미 나이를 먹을 대로 먹어 버린 내가 세상에 무슨 미련이 남아 있겠느냐! 하지만 내 아들만큼은……! 태자만큼은!"

"당신의 아들이 소중하다는 것을 아신다면, 동생에게도 딸이 각별하다는 것을 아셨어야 했사옵니다."

기왕은 자신이 죽을 뻔했다는 사실보다 주설현이 위기에 처할 뻔했다는 사실이 더욱 가슴에 깊은 화인으로 남았다.

"태감."

"예이."

자항이 히죽 웃으면서 고개를 숙인다.

"폐하께서 선위(禪位)를 하실 것이다. 빠른 시일 내에 퇴위식을 준비하라. 단, 현재 황도와 궁의 상태가 전란으로 많이 망가져 민심이 흉흉할 터이니, 같이 진행할 것이되, 아주 소박한 규모로 마련해야 할 것이다."

"알겠사옵니다. 뭣들 하느냐, 상황을 모시지 않고!"

동창 위사들이 황제, 아니, 이제는 강제로 상황이 되어 버린 자를 데리고 나가 버렸다.

기왕은 아무런 거리낌도 없이 옥좌에 앉았다.

자항이 바닥에 넙죽 엎드리면서 절을 올렸다. 이에 질세라 뒤를 따라 다른 문무백관들도 오체투지를 하면서 새롭게 올라선 황제를 향해 소리쳤다.

"황제 폐하, 만세! 만만세!"

"만세! 만만세!"

*　　　*　　　*

정국(政局) 내에 거대한 피바람이 휘몰아쳤다.

기왕, 아니, 이제는 황제가 된 주일윤은 자신이 왜 젊은 시절에 북방에서 신으로 추앙을 받을 수 있었는지, 왜 전설이 될 수 있었는지를 톡톡히 보였다.

선황의 눈과 귀를 가렸던 자들을 모조리 숙청하며, 자신을 옹립한 공신과 함께 새로운 인재들을 대거 등용해서 정국에 새로운 물길을 끌어 왔다.

만약 정국에 도움이 된다 싶으면 대영반 측 사람일지라도 거리낌 없이 임용하는 파격적인 모습도 보여, 처음엔 그를 반대했던 유자(儒者)들도 서서히 호의적인 시선을 보내기 시작했다.

여기에 구대문파로 통용되는 여러 문파들이 지지 선언을 보내기까지 하니, 민심도 단단히 붙들어 맬 수 있었다.

하지만 한편으로는 우려의 목소리도 있었다.

현 황제의 나이는 벌써 오십을 바라보는 바.

아무리 정정하다고 할지라도 역대 황제들 중에 환갑을 넘어서까지 정국을 돌봤던 경우는 거의 없었다. 게다가 그에게는 딸만 하나 있을 뿐, 아들은 없었으니.

선황의 후대 황위를 두고 수많은 잡음이 있었던 것도 원자가 없다가 갑자기 생겨난 것이기 때문에, 이것은 또 다른 피바람의 핵이 될지도 몰랐다.

"그래. 고민은 해 보았느냐?"

"제 대답은 언제나 같사옵니다."

"어허! 황명이라 하는데도!"

"그렇다 하여도 받아들일 수 없사옵니다."

"저렇게 고집불통이어서야."

황제는 옥좌에 앉아 가볍게 혀를 찼다. 영 마음에 안 든다는 투지만, 눈가엔 분노보다 씁쓸함이 어렸다.

맞은편에서 독대를 하고 있는 무성이 그런 눈빛을 모를 리가 없었다.

하지만 그는 끝까지 모른 척하고 넘겼다.

황제가 그를 부른 이유는 간단했다.

선양(禪讓).

자신이 죽고 나거든, 지금 이 자리를 물려받으란 것이었다. 만인이 우러러보는 지존의 자리.

"주씨의 자리가 진씨로 바뀐다는 것을 백성들이 이해나 하겠사옵니까? 아니, 그런 것을 다 떠나 동정호에서 물장구나 치던 한낱 촌부 출신 따위가 그런 자리에 앉을 수는 없사옵니다."

"그러니 그것이 불편하거든, 이 자리에 벽해를 앉히고 그대는 부마가 되어 옆을 지키라는 것이 아니더냐."

황제는 무성이 바람과 같아 결코 한곳에 머물 사람이 아니라는 것을 잘 안다. 그렇기에 그를 단단히 붙들어 매어 놓고 싶었다.

하지만 어디 세상일이란 게 사람 뜻대로 되던가.

"망극하나이다."

"고얀 것."

무성은 황제가 이제야 겨우 마음을 접었다는 사실을 깨닫고 안도의 한숨을 내쉬었다.

"이만 나가 보아라."

무성은 가볍게 인사를 하고 궁을 빠져나갔다.

밖에는 간독이 벽에 등을 기댄 채로 기다리고 있었다.

간독 역시 황제처럼 뭔가 영 못마땅하다는 듯이 무성을 위아래로 훑는다.

"쯧."

무성은 딱딱했던 표정을 풀었다. 그가 유일하게 속내를 내비칠 수 있는 얼마 안 되는 사람 중 하나다.

"왜?"

"남들은 그렇게 갖고 싶어서 아등바등 대는 걸, 너는 그렇게 뒤도 안 돌아보고 걷어차냐?"

무성은 말없이 웃었다.

간독이 더욱 인상을 찡그렸다.

"웃지마, 새꺄. 나는 지금 짜증나 죽겠다고. 그렇게 개고생을 했는데도 이 손에 잡힌 건 하나도 없고. 도대체 그동안 뭘 한 거냐?"

"뺑이?"

"이걸 콱!"

간독은 깐족대는 무성이 그렇게 얄미울 수가 없었다. 남들은 천하를 구했느니, 천하제일인이니, 아무리 칭송을 해 대도 그의 눈에는 열다섯 동정호 촌구석의 촌뜨기로만 보였다.

무성은 피식 웃으면서 걸음을 천천히 옮겼다.

그 옆을 간독이 따라붙는다.

무성은 혹시 주변에 보는 눈이 없나 기감으로 살짝 살폈다.

간독이 말했다.

"아무도 없어. 이미 다 확인했으니까."

무성은 기를 거둬들이고 인상을 살짝 굳혔다.

"부탁했던 건?"

"나도 이런 개 같은 일이 다 있나 싶었는데. 하! 아무래도 네 생각이…… 맞는 것 같다."

"……."

툭.

무성의 걸음이 처음으로 살짝 멈춘다.

간독은 아랑곳하지 않고 느린 걸음으로 지나친다.

"정말이지 이게 말이나 되냐?"

"우리가 그동안 신경을 못 썼던 게 더 말이 안 되는 거지."

"젠장!"

무성이 다시 뒤를 따르자, 간독은 애꿎은 바닥을 발로 세게 찼다.

하지만 무성 역시 충격이 크긴 매한가지였다.

자신이 황제를 도와 정국을 돌보는 동안, 간독에게 부탁한 것이 있었다.

천옥원.

과거 귀병이 탄생한 곳에 가 봐 달란 것이었다.

간독은 그쪽으로는 오줌도 누지 않는다면서 왜 가야 하냐고 길길이 날뛰었지만, 곧 무성의 설명을 듣고 그제야 사태의 심각성을 깨달았다.

"너, 정말 그렇게 생각하는 거냐?"

간독은 정말 천옥원을 샅샅이 뒤졌다. 산자락이 무너지고 낙석 더미로 파묻힌 자리. 이미 몇 년씩이나 지나서 과연 흔적이나 찾을 수 있을까 싶었지만, 간독은 아주 끈질겼다.

그리고 결론을 도출해 냈다.

있어야 할 사람이 그곳에 없었다.

"물론 아닐 수도 있어. 내가 착각한 것일 수도 있고, 네가 못 찾은 것일 수도 있지. 하지만 그냥 무시할 수는 없어."

"확실히……."

무성과 간독은 이번에 황도를 장악하면서 확실히 깨달았다. 저들이 부리는 전술과 병략이 어딘지 모르게 낯이 익다는 것을.

"사실 따지고 보면, 그동안 경황이 없어서 눈치를 못 채서 그렇지, 이상한 점이 한두 가지가 아니었어. 련과 야별성의 충돌, 그리고 갑작스런 황룡각의 등장까지. 하지만 그분이 계시다면 이야기는 자연스럽게 연결돼."

소(小)를 지키기 위해 대(大)를 버린다.

공략(攻略)보다는 병략(兵略)을 택한다.

지키고, 지키다, 한순간의 맹점을 노린다.

모두 기존에 널리 알려진 병가 사상과는 전혀 궤를 달리하는 것들. 그 속에는 모두를 사랑하고자 하는 경영과 통치의 철학도 숨어져 있다.

바로 묵가의 병법이다.

"정말로 한가 놈이…… 살아 있단 말이지?"

간독은 절대 생각지도 않았던 말을 중얼거리며 침음성을 흘리다 고개를 홱 돌렸다.

"다른 놈일 가능성은? 한가 놈 외에 묵가의 병법을 따르는 자들이 있을지도 모르잖아?"

"없어."

무성은 딱 잘라 말했다.

두 사람은 어느덧 황성의 절반을 지났다. 전란으로 인한 무너진 전각과 담장은 인부들을 동원해 빠르게 복구하고 있으나, 마무리가 되려면 한참이나 걸릴 듯싶었다.

간독이 버럭 소리를 지른다.

"어떻게 단언할 수 있는 건데! 한가 놈이야 자신들의 맥이 끊겼다고 했었어도 다른 누군가가 복원했을 수도 있고, 또 다른 데서 전승이 있을 수도……!"

"그렇다고 하기엔 너무 똑같아."

"젠장!"

묵가가 활동한 춘추전국시대로부터 이천 년도 넘는 세월이 지났다. 그 사이에 다른 전승이 있었다면 세월이 흐른 만큼 많은 변화가 있었을 것이다.

지금 무성이 이은 맥과는 전혀 다른 변화가.

하지만 무성이 보기에 지금의 병략은 너무 똑같았다.

그러나 간독은 쉽사리 인정할 수가 없었다.

"그래. 한가 놈이 살아 있다 쳐!"

"살아 계셔."

"그 주둥이 좀 쉽게 떠벌리지 말고! 만약 한가 놈이 살아 있다면, 왜 우리를 찾아오지 않고 저놈들한테 가 버린 건데!"

귀병은 한 몸이나 마찬가지다.

수많은 전선을 누비며 생긴 우애는 두말할 나위가 없다.

무성의 눈이 깊게 가라앉는다.

"그걸…… 지금부터 알아봐야지."

두 사람은 어느새 황궁을 완전히 빠져나왔다.

탁!

정문 앞에는 거대한 인파가 밀집되어 있었다. 홍운재 장로들과 후성구룡, 그리고 만 단위가 훌쩍 넘는 무신련과 야별성의 병력들이 줄지어 서 있었다.

머리 위로 나부끼는 깃발이 다른 어느 때보다 위풍당당하다.

처처척.

주인을 맞이한 이들이 일제히 절도 있게 한쪽 무릎을 지면에다 찍으며 부복한다.

"무신을 뵙사옵니다!"

"무신을 뵙사옵니다!"

제 이대(二代) 무신. 이미 강호로부터 창천무신(蒼天武神)이라는 별호를 새로 얻은 무성은 그들을 보며 고개를 끄덕이다가 천천히 아래로 내려갔다.

장로들과 후성구룡이 각각 좌우로 갈라져 길을 튼다.

그사이로 저 멀리 이동식 마차 감옥 안에 갇혀 쇠사슬에 칭칭 감긴 노인이 한 명 보였다. 쇠사슬은 오로지 만년한철로만 만들어진 아주 귀한 것이었다.

찢어진 옷깃과 봉두난발이 되어 추레한 행색을 하고 있으나, 번뜩이는 두 눈은 날카롭다. 눈빛만으로 사람을 죽일 수 있다면 무성은 이미 난도질을 당했을 것이다.

무성은 노인이 진성황과 비교해도 절대 뒤지지 않는 경지를 딛고 있음을 단숨에 간파했다.

하지만 네 장로와 후성구룡, 그리고 일만이 훌쩍 넘는 대군의 합공을 홀로 감당하기란 요원했으리라.

"아주 거친 작자더군. 잡느라 꽤 고생이 많았다네."

조철산이 옆에 따라붙으며 설명한다.

무성은 천천히 감옥 앞으로 다가갔다.

가까워지면 가까워질수록 노인의 눈빛은 더욱 살벌한 기색을 띤다.

"그대가 문선이오?"

노인, 문선이 입술 끝을 비틀었다.

"화도의 아들이 누군가 궁금했는데, 제 아비를 쏙 빼닮았구나."

무성의 눈동자가 크게 흔들린다.

이미 진성황에게서 조금이나마 상황을 들었지만, 정작 이렇게 다른 이에게도 아비와 관련된 이야기를 들으니 정말 기분이 이상했다.

하지만 무성은 아버지에 대한 물음을 접었다. 어쩔 수 없었다고 할지라도 결국 자신과 누이를 버리고 떠나 버린 사람이다. 일이 이렇게 될 때까지 얼굴 한 번 내비치지 않은 무정한 사람이다.

무성에게 아버지란 존재는 단 한 사람이면 족했다.

"묻겠소."

무성은 살짝 숨을 고르며 물었다.

"호는 묵혈. 자는 학적. 내게는 스승이자 의숙이 되시는 분에 대해서 알고 있소?"

문선이 차갑게 웃었다.

"알고 있다면?"

쿵.

무성은 심장이 크게 뛰는 것을 느꼈다. 옆에서 듣고 있던 간독도 경악하고 만다.

눈꼬리가 파르르 떨린다.

"의숙은…… 대체 어디에 계시오?"

*　　　*　　　*

뿌우우우!

뿔나팔 소리가 높이 울린다.

그 소리에 맞춰 일만에 달하는 무인들이 드높은 깃발을 널리 흔들며 다시금 전진을 시작한다.

　　역적 도당들을 끝까지 찾으라. 그것이 그대들에게 내가
　내린 명(命)이다.

황제의 명령을 등에 업은 채.

무성이 가장 선두에 서고, 그 뒤를 따라 간독이, 다시 홍운재 장로와 후성구룡이 따라붙으며 일만 정병을 크게 지휘한다.

무신련이다.

황위는 쟁탈했으나, 아직 그들의 고향인 강호는 멀리에 있다.

다시 강호를 발아래에 꿇리기 위해서, 지난날의 영광을 되찾기 위해서, 그 어딘가에 숨어있을 진성황을 찾기 위해서, 그리고,

'의숙을 찾기 위해서.'

무신련은 낙양으로의 이동을 시작했다.

第十章

이 사람, 누구냐?

"우선 말하자면, 현재 강호는 크게 삼파전(三巴戰)으로 되어
있다네."

이동하는 내내, 조철산은 무성에게 현재 벌어지는 강호의
동향에 대해서 설명하기 시작했다.

그의 설명에 따르면, 무신련이 자취를 감추고 의천맹이 봉
문을 선언하면서 강호는 군소 방파의 난립으로 정신이 없었
다고 한다.

하지만 이 년이 지난 지금에 와서는 어느 정도 정리가 되었
다.

혼제(魂帝)라는 고수를 필두로 여섯 의형제들이 옛 무신련

의 터에 자리를 마련한 육성방(六星幇).

만독부와 청성—아미에 걸쳐 지배를 받다가 이제는 스스로 우산이 되겠다면서 나선 사천 지방 문파들의 연합체인 집무회(集武會).

그리고 장강을 따라 기승을 부리는 수적 집단, 장강수로채와 중원 열여덟 개 산의 터줏대감, 녹림십팔채가 뭉친 흑산수로맹(黑山水路盟).

강호인들은 벌써부터 이들 세 곳이 북련남맹으로 대두되던 기존 강호의 질서를 바꿀 것이라며 이야기를 하곤 했다.

하지만,

"자고로 범이 떠난 자리엔 여우와 늑대들이 서로 왕이라며 떠들어 대는 법이지."

그들에 대한 조철산의 평가는 신랄했다.

"신주삼십육성? 겨우 끄트머리에나 존재하는 자들이 뭉쳐 봤자 무서우면 얼마나 무섭겠나. 아마 지금쯤 우리가 내려온다는 소문을 듣고 경기나 일으키지 않으면 다행이지."

무성은 묵묵히 고개를 끄덕였다.

그 역시 조철산과 생각이 크게 다르지 않다.

이미 오랜 세월 강호를 지배하다시피 했던 야별성을 흡수하고 구대 문파마저 굴복시켰다. 황실을 수호한다는 황룡각과 사신까지 부순 마당에, 다른 자잘한 것들이 뭉친다 한들

과연 눈에나 찰까.

대신에 무성은 전혀 다른 것을 보고 있었다.

그러던 사이, 그들은 어느덧 하남으로 통하는 입구인 남양에 도착했다.

*　　*　　*

높다란 절벽을 따라 일련의 무리들이 단단하게 선다. 비장함이 감도는 그들의 얼굴엔 절대 무신련을 통과시키지 않겠다는 의지가 물씬 풍긴다.

"아무래도 천라육성(天羅六星) 중 가장 호전적이라는 넷째, 묵성(墨星)인가 보군."

조철산은 선두에 있는 자를 보더니 그렇게 말했다.

간독이 고개를 갸웃거린다.

"영감님, 천라육성이란 게 뭐요?"

"육성방. 혼제의 의형제들을 가리켜 천라육성이라고 한다네."

간독은 콧방귀를 꼈다.

육성방. 과거 무신련의 땅을 점거했다는 이들이다. 무신련이 가장 먼저 처리해야 할 상대.

"같잖은 말들을 하는구만. 천라라니."

"듣자 하니 스스로 그렇게 말을 붙였다더군."

"원래 겁이 많은 놈들일수록 거창하게 말을 하는 법 아니겠소?"

조철산도 동의한다는 듯이 고개를 끄덕이면서 무성을 돌아봤다.

"어떻게 할 참인가? 닭 잡는 칼에 굳이 소 잡는 칼을 쓸 필요가 있겠나?"

무성이 살짝 미소를 짓더니 후성구룡을 돌아본다.

"나설 사람이 있소?"

"제가 하겠습니다."

"아니. 제게 기회를 주십시오."

그때 혁만이 세게 콧바람을 불며 앞으로 나선다. 도강이 이에 질세라 앞으로 나서자, 혁만의 눈이 사나워졌다. 두 사람은 서로를 잡아먹을 듯이 잔뜩 노려봤다.

'비켜라.'

'못 비킨다.'

'죽고 싶냐?'

'내가 하고 싶은 말을 하는군.'

'흥! 내가 옛날 같은 줄 아냐? 어디 한 판 붙어 볼까?'

무성이 앞에 있으니 차마 욕설은 하지 못하고 눈으로만 신경전을 벌인다.

결국 무성이 중재를 내렸다.

"두 사람 다 나서시구려. 단, 서로 간의 칼부림은 절대 허락지 않소."

"이 혁만에게 맡겨만 주십셔!"

"묵성의 목은 제가 베어 오겠습니다."

"누구 마음대로!"

혁만과 도강은 서로 질세라 각력에 단단히 힘을 실어 높이 몸을 날렸다.

쐐애애애애액!

고수들이라 해도 절대 쉽게 넘볼 수 없는 높은 절벽. 하지만 두 사람은 이미 지형지물의 구애를 벗어난 지 오래였다.

츠츠츠츠.

두 사람을 따라 짙은 마기가 회오리를 치더니,

크오오오오오!

거대한 마귀 두 마리가 하늘 가득히 나타나면서 크게 포효를 내지른다.

얼마나 커다란지 협곡이 흔들릴 정도다.

모래가 아래로 부스스 떨어지고, 아슬아슬하게 절벽 끝에 서서 화살 시위를 겨누고 있던 육성방 방도들은 모두 균형이 흐트러져 뒤로 넘어지고 말았다.

그 위로 천마혼 두 개가 단숨에 허공을 가로지르며 절벽

끝으로 쇄도하자, 육성방 방도들의 얼굴이 새하얗게 질리고 말았다.

"괴, 괴물이다!"

"마귀가 나타났다……!"

그들 중 제법 연륜이 있는 자들은 아주 오래 전에 강호에 떠돌던 소문을 떠올리고 말았다.

대라종은 언제나 마귀가 수호하고 있으니, 하늘에서 신
을 내리지 않은 이상 어느 누구도 범접하지 못하리라!

과거 강북을 휩쓸었던 대라종에 대한 소문이다. 그리고 소문은 무신이라는 존재가 나타났을 때야 비로소 종식되고 말았으니, 그들은 다시 그때의 재앙을 맞은 것이나 마찬가지였다.

아니, 오히려 그때보다 더 심했다.

지금의 마귀는 하나가 아닌 아홉이었으니.

콰콰콰콰콰!

혁만과 도강이 검을 휘두르자 마기가 그대로 폭사를 하면서 무인들을 날려 버린다.

동시에 혁만은 좌에서, 도강은 우에서 몸을 틀며 묵성이 있는 곳을 향해 각각 칼을 돌렸다.

의형제들을 따라 새로운 무신련을 만들겠다는 야욕에 불타 있던 묵성은, 이제는 옛 그림자에 지나지 않는다며 의형제들의 만류에도 불구하고 직접 병력을 이끌고 나섰던 묵성은, 그대로 어떻게 반항하지도 못하고 목과 허리가 단숨에 달아났다.

좌아아악!

피가 허공에 뿌려진다.

"무, 묵성이 돌아가셨다!"

"도, 도, 도망쳐!"

육성방 방도들은 자신들이 수백 명이 되는 것도 잊은 것인지, 단 두 명에게 겁에 잔뜩 먹은 채 달아나고 말았다.

하지만 그러건 말건 간에 혁만과 도강은 다시 싸움이 붙었다.

"내가 먼저 벴어."

"웃기지 마라. 목을 벤 건 나다."

"이 새끼가?"

"이 놈이?"

둘은 서로 으르렁거리기 바빴다.

이때부터 본격적으로 혁만과 도강의 경쟁이 시작됐다.

육성방의 병력이 출몰한다 싶으면, 너 나 할 것 없이 동시에 선봉을 맡겨 달라 청했다.

그때마다 무성은 둘 모두에게 맡겼다.

학벽은 혁만이, 신향은 도강이, 이어서 획가는 도강이 맡았다가 이에 뒤질세라 초작은 혁만이 공을 세우는 등 엎치락뒤치락하기 바빴다.

덕분에 무신련 병력은 이렇다 할 커다란 소요도 없이 관도를 따라 쭉 미끄러졌다.

몰려왔던 병력은 혁만과 도강이 육성방의 지휘관이나 고수의 목을 베고 나면 알아서 줄행랑을 놓기 바빴다.

"으하아아아아암! 따분해 죽겠구만."

조철산이 늘어져라 하품을 해 대자, 석대룡이 고개를 끄덕이며 툴툴거린다.

"아니긴 왜 아니겠나. 난 얼마 전부터 너무 심심해서 좀이 쑤실 지경이라네."

"이래서는 정말 싸움다운 싸움 한 번 못 해 보고 끝나 버리겠는데? 기련산에서 나오고 나면 이제 몸 좀 풀 수 있을 거라고 여겼건만."

"몸을 풀기는커녕 칼에 녹이 슬 것 같지?"

"내 말이!"

여태 벌인 싸움이라고 해 봤자 문선과 싸웠던 게 전부에 불과했다.

황위는 무성의 재지로 말미암아 손쉽게 떨어졌고, 강호행은 혁만과 도강 두 사람이 전부 해결해 버리는 판국이니.

그렇다고 해서 화를 낼 수도 없다. 사상자 하나 없이 승승장구를 하고 있는데 오히려 기뻐해야 할 상황이었다.

결국 이러지도 저러지도 못하는 사이.

언제부턴가 행렬 도중 나타나는 건 육성방뿐만이 아니었다.

"백혈문(白血門)이 무신을 뵙습니다."

"창응문(蒼鷹門)이……."

"선무단(先武團)에서……."

검을 바닥에 내려놓고, 문파를 상징하는 문주의 신표를 바치는 문파들이 속출하기 시작했다.

그들은 하나 같이 무릎을 꿇고 고개를 조아리면서 항복을 청했다.

원래 자신들은 무신련을 모시던 곳들이니, 다시 한번 주인을 섬길 수 있는 영광을 달란 뜻이다. 한편으로는 무신련이 몰락했을 때 안면을 몰수했던 것을 두고 이들이 해코지라도 할까 봐 두려워하는 기색이 역력했다.

하지만 무성은 그들의 걱정과 우려를 덜어 주었다. 손수 문주를 일으켜 주고 신표를 돌려준다.

"우리와 함께 하시고 싶다면, 뒤를 따라 주시오."

무성이 과거의 일을 추궁하지 않는다는 소문은 하남을 넘어 강북 전체로 퍼졌다.

수많은 문파들이 구름 떼처럼 몰려들어 뒤를 받치기 시작한다.

세 개의 문파에서 열 개로, 열 개는 다시 서른 개로 마구 불어나면서 어느새 이만에 달하는 병력들이 줄지어 섰다.

무성은 마을을 하나씩 지날 때마다 양민들에게 피해를 주는 문파들은 그냥 두지 않겠다는 엄포를 놓았다.

이렇다 보니 이제는 자잘했던 싸움도 없어서 혁만과 도강도 이렇다 할 활약 없이 그냥 조용히 분만 속으로 삭여야 했다.

결국 기나긴 행렬은 별다른 소동 없이 낙양을 코앞에 둔 언사까지 당도했다.

"흠. 이제야 제법 싸움다운 싸움을 할 수 있겠구만."

커다란 평야를 따라 꽤 많은 병력들이 진을 치고서 기다리고 있었다.

대충 어림잡아 보기에도 일만에 가깝다. 육성방을 상징하는 여섯 개의 별이 그려진 깃발이 눈에 한 가득 들어온다.

그때 육성방의 진영에서 네 사람이 걸어 나왔다.

하나 같이 위풍당당한 풍채를 자랑하는 자들이다.

특히 가장 선두에 선 사내는 쭉 찢어진 두 눈에서 남들과 전혀 다른 기백을 내뿜고 있었다.

무성은 그들이 바로 남은 천라육성이며, 선두에 선 사내가 그들의 맏형인 혼제라는 사실을 단번에 깨달았다.

"련주, 제게 기회를!"

"혼제의 모가지는 제가 따 오겠습니다!"

"험험. 아닐세. 이젠 나도 밥값을 할 수 있게 해 주게."

"아냐! 나! 나! 이대론 심심해 죽겠다고!"

혁만과 도강에 이어 이제는 조철산과 석대룡까지 직접 선봉에 세워 달라고 나선다. 여기에 혁만과 도강이 반발할 것처럼 보이자, 석대룡은 직접 으르렁거리면서 그들을 단숨에 묵살시켜 버렸다.

그만큼 아무것도 하지 않고 심심하게 있는 게 이들에게는 고역이었다.

하지만 그들이 깜빡한 게 있었다.

"죄송합니다."

"음?"

"무슨 소린가?"

의아함을 드러내는 조철산과 석대룡을 보면서, 무성이 씩 웃었다.

"이번에는 제가 나서야겠습니다."

"……"

"……."

심심한 건 무성도 마찬가지였다.

우스갯소리로 자신도 심심하다고는 했지만, 사실 무성이 나선 이유는 비단 그것만이 아니었다.

앞으로 천천히 걸어갈수록 의심은 확신이 되어 간다.

혼제를 비롯한 천라육성이 뿌려 대는 기운.

그것은 분명 혼명이었다.

'이들은 대영반의 수족들이야.'

정확하게는 금의위와의 싸움에서 만났던 백혈위와 비슷하다.

진성황에게서 무공을 배운 자들. 혹은 제자라 할 수도 있는 것이다.

진성황은 아마 무신련과 야별성, 의천맹이 사라진 자리에다가 새로운 세력들을 세우면서 자신의 입김이 닿는 사람들로 채운 듯했다.

'도대체 얼마나 많이 뿌려진 걸까?'

어쩌면 진성황의 수족은 다른 집무회며 흑산수로맹에도 퍼져 있을 듯했다.

무성은 무신련의 진영에서 한참이나 걸어 나와 멈췄다.

"그대들이 천라육성이오?"

"그렇다, 무신련주. 네 놈에게 형제를 둘이나 잃은 천라육성의 맏이인 내가 바로 혼제다."

양 눈 끝이 쭉 찢어진 사내가 앞으로 성큼 나서면서 살의를 잔뜩 드러낸다.

넷째인 묵성은 남양에서, 여섯째인 백도(白道)는 철환성(鐵煥城)이란 곳에서 목이 잘렸다. 덕분에 지난 이 년 동안 강북을 종횡하던 천라육성은 단 넷밖에 남지 않았다.

무성은 그들의 면면을 직접 살폈다. 역시 혼명의 기운이 너무 잘 느껴졌다.

"대영반은, 어디에 있소?"

처음 문선을 심문할 당시, 무성은 그에게 고문을 할 각오까지 했었다. 한유원의 행방에 대해 제대로 말하지 않을 것이라 여겼다.

하지만 예상과 달리 문선은 너무나 간단히 대답했다.

"학적은 진성황과 같이 있을 것이다."

그 말로 인해 대영반을 반드시 찾아야만 하는 이유가 생겼다.

그러나,

"물론 네가 진성황을 찾을 수 있을 때 확인 가능한 이
야기겠지만."

무성은 눈살을 찌푸리면서 그게 무슨 뜻인지 물었다.

"그는 어디에나 있으되, 어디에도 없는 존재다."

도무지 무슨 말을 하고자 하는 건지 영문을 알 수 없는 아
리송한 말이다.

하지만 이제는 조금 알 것 같다.

현 강호는 진성황의 손에 새로 균형이 맞춰졌으니 그가 깃
들어 있는 것과 같으며, 반대로 진성황의 조각들이 기꺼이 우
산 역할을 해 주었기 때문에 그가 없는 것과 같기도 했다.

"네 놈의 머리통을 내어 준다면 생각해 보마."

혼제는 입술 끝을 비틀었다.

어차피 무성 역시 이들이 순순히 말해 줄 것이라고 생각지
는 않았다.

"그렇다면 직접 몸에다 물을 수밖에."

쐐애애애애애—액!

무성은 분명 가볍게 땅을 박찼다. 하지만 이미 몸은 단숨
에 공간을 찢고 있었다.

"감히 내 형제들을 살해한 죄, 죽음으로 물을 것이다!"

혼제의 외침을 기점으로 천라육성, 아니, 이제는 사성(四星)이 된 이들은 혼제만 남고 죄다 좌우로 흩어지면서 무성의 간극으로부터 벗어나고자 했다.

혼제가 무성을 상대하는 사이, 다른 자들이 포위를 해 오면서 전력을 날리는 합격(合擊) 형태다.

하지만 무성이 녀석들의 그런 노림수를 모를 리가 없었다.

탁!

갑자기 혼제 앞으로 치닫다 말고 방향이 직각으로 꺾인다.

당연히 그를 상대하기 위해 만반의 준비를 하고 있던 혼제의 얼굴에 경악이 어렸다.

"정산(貞山)아, 피해라!"

외침과 함께 무성을 따라잡기 위해 그 역시 정해진 위치에서 벗어나 바짝 뒤를 따른다.

하지만 이미 무성은 다섯째인 정산의 눈앞에 도착한 뒤였다.

정산은 지지 않겠다는 듯이 이를 악물면서 손을 크게 휘저었다. 공간에 한 가득 물결무늬가 퍼져 나가면서 공력을 한껏 응축시킨 장풍이 날아든다.

퍼어어엉!

하지만 무성은 검결지를 사선으로 그어 장풍을 갈라 버린

뒤, 펄럭거리는 모래 바람을 헤집으며 왼손을 뻗었다.

정산이 바로 뒤쪽으로 몸을 뺐지만, 무성의 왼손은 마치 찌를 문 물고기를 낚아채려는 낚시 바늘처럼 단숨에 놈의 목을 틀어쥐었다.

"컥!"

정산의 얼굴에 경악이 잔뜩 어린다.

무성은 그 눈빛을 본 체 만 체 하면서 손에 잔뜩 힘을 주었다.

우두둑.

정산의 목이 그대로 돌아가면서 혀를 쭉 빼물고 널브러지고 만다.

"이 노오오오오옴!"

그때 분노에 찬 혼제의 일갈이 터져 나왔다.

고개를 돌리니, 바로 머리 위에서 혼제가 분기탱천한 대춧빛 얼굴로 하늘에서 땅으로 손을 내려찍고 있었다. 손바닥에는 불길이 마구 피어오르고 있었다.

무성은 왼손에 잡힌 정산을 바닥에다 아무렇게나 버리고 오른손을 뻗어 녀석의 손을 맞잡았다.

콰아아아아—앙!

장(掌)과 장. 서로의 공력이 부딪치면서 지반이 움푹 내려앉는다.

서로의 손이 상대를 꺾기 위해 깍지를 단단히 낀다. 그럴수록 공력은 계속 부딪치기를 반복하면서 공간을 흔들어 댄다. 파문이 잇달아 퍼져 나간다.

"크으으윽!"

혼제는 반발을 이기지 못하고 입가로 피를 잔뜩 흘렸다. 하지만 절대 지지 않겠다는 듯이 눈에 핏대를 잔뜩 세웠다.

우우우우웅!

선천지기까지 뽑아내는지 얼굴에 급속도로 노화까지 찾아온다.

혼명은 선천지기를 다루는 기술.

그 핵까지 건드렸다면 당연하다고 할 수도 있는 상황이었다.

하지만,

'너무 약해.'

무성에게는 마치 모기가 내려앉은 것처럼 따끔거리지도 않다.

혼제가 흘리는 힘은 분명 오행공을 단련한 이학산과 견주어도 크게 뒤지지 않을 만큼 제법 대단했다.

그러나 그뿐이었다.

이미 그때와는 다르게 훨씬 많은 성장을 이룬 무성에게는 눈썹 하나 흩트릴 만한 것도 되지 않는다.

아직 진성황의 행방도 알아내지 못한 판국에 혼제를 죽게 내버려 둘 수는 없는 일. 결국 남은 방도는 힘을 써 강제로 찍어 누르는 수밖엔 없다.

혼제가 밀어붙이던 공력을 그대로 밀어 버린다.

두두둑!

생명력까지 쏟아 부은 혼제의 공력이 그대로 부서져 나간다. 무성의 공력이 녀석의 기맥을 파고 들어가 단숨에 단전에 들어앉았다.

혼제의 모가지가 뒤로 홱 하고 젖힌다.

갑자기 치고 들어온 공력 때문에 몸이 뻣뻣하게 굳어 버리면서 신체의 모든 기능이 정지해 버렸다. 목젖까지 턱턱 막혀서 아무 말도 나오지 않았다.

"놈!"

"대형에게서 떨어져라!"

남은 둘, 둘째 장하(長河)와 준의(準擬)가 각각 좌우에서 달려든다.

장하는 검을, 준의는 도를 들고.

구대 문파의 장문인과 비교해도 절대 손색이 없을 두 사람의 공격은, 어째서 혼제가 혼자만의 힘이 아닌 의형제들과 같이 강북을 평정할 수 있었는지를 절실히 설명해 주었다.

무성은 혼제를 놓아줄 수 없는 노릇인데다, 왼팔로는 두 사람을 동시에 상대할 수도 없기에 다른 방법을 고안했다.

오른발을 높이 들어 지면을 세게 내려찍었다.

콰아아아아아앙!

그렇지 않아도 무성과 혼제의 공력 충돌로 내려앉은 지반은 이제 아예 폭삭 주저앉고 말았다.

삼십 장도 훨씬 넘는 지반 붕괴와 함께 갈라진 땅의 균열 사이사이로 돌조각과 함께 먼지가 잔뜩 올라온다.

곱고 미세한 알갱이들 사이로, 무성은 열기를 잔뜩 머금은 지풍을 터뜨렸다.

퍼퍼퍼퍼퍼퍼—펑!

분진 폭발이다.

불꽃이 서로 충돌을 거듭하면서 삼십 장 전체로 잔뜩 퍼져 나가면서 장하와 준의는 어떻게 손도 쓰지 못한 채로 화염에 그대로 휩쓸려 나가고 말았다.

혼제는 눈을 부릅뜨면서 남은 형제들의 죽음에 통곡했지만, 이미 신체에 구속을 받은 상태로는 아무것도 할 수가 없었다.

무성의 공격은 거기서 그치지 않았다.

쉬쉬쉬쉬쉬쉬쉥!

검결지로 하늘을 가리키자 화염 사이사이로 무언가가 삐죽삐죽하게 튀어나와 하늘로 솟구쳤다.

그렇게 허공을 가득 메운 것이 영검 백여 자루.

그것은 아래쪽으로 칼끝을 내리면서 단숨에 지면을 향해 우수수 떨어졌다.

영검은 달리는 동안 잘게 쪼개져 다시 수백 개로 나뉘니, 수만 개도 훨씬 넘는, 강기로 이뤄진 폭우가 육성방 머리맡으로 떨어졌다.

"저, 저, 저……!"

"파산검휘다! 도, 도망쳐라!"

이미 초왕부에서 활약을 잔뜩 선보이며 강호에 악명이 자자했던 적이 있다.

닿는 즉시 수백 갈래로 쪼개져 일대를 초토화시키는 기예.

이제는 창천무신을 상징하는 독문절학 중 하나로 평가되기에 그걸 알아본 무사들은 서로 강기 파편에 노출되지 않으려 달아나기 바빴다.

하지만 완전히 피할 수는 없는 노릇이라, 오히려 빨리 도망치려고 했던 자들이 파편에 닿는 경우도 허다했다.

콰콰콰콰콰콰콰—콰!

작렬하는 수많은 폭발 속에서 화염은 잇달아 모습을 드러냈다 숨겼다를 반복하고, 대지는 이제 그만 자신을 괴롭혀 달라는 듯이 크게 몸부림을 친다.

끝을 모르고 이어질 것 같던 폭발이 가시고 난 뒤.

일만에 가깝던 병력 중 절반 가까이가 죽거나 다친 채로 바닥에 널브러졌다.

그나마 피해를 덜 입은 자들도 동료들의 사지가 찢겨 나가고 터져 나가는 지옥도 한가운데에 있었던 여파로 반쯤 정신이 나가고 말았다.

사실상 파산검훼도 강하지만, 여기에 도망치려 달아나다가 입은 피해가 훨씬 컸다. 거기다 뒤따라 이어진 폭발이 남은 사람들을 집어삼키니 사상자가 기하급수적으로 늘어날 수밖에 없었다.

무신련에서도 잔뜩 놀란 눈치였다.

그들 역시 무성의 이러한 신위는 처음 보는 것이었다. 다만, 일 년 넘게 벌어진 천마벽에서의 조화가 절대 거짓말이 아니라는 걸 확인할 수 있었다.

"……."

혼제는 눈썹이 파르르 떨리더니 이내 시선을 아래로 떨어뜨렸다.

무성은 녀석이 더 이상 저항할 의사가 없다고 판단했다. 공력을 움직여 녀석의 무릎을 천천히 꿇어앉혔다. 그리고 말은 할 수 있게 공력을 살짝 풀어 준다.

"묻겠다. 대영반은 어디에 있느냐?"

무성은 더 이상 존대를 하지 않았다. 차갑게 묻는다.

"나……도…… 모른다……!"

"갈 만한 위치는?"

"……."

"위치는?"

결국 혼제는 고개를 떨어뜨렸다.

"진가(陳家)……."

"진가?"

"우리들……이 만들어진 곳……."

무성의 눈이 커진다.

'진가! 사신과 백혈위가 만들어진 곳이야!'

그리고…… 진씨, 대대로 황실을 수호했다는 자신의 뿌리
가 탄생한 곳이기도 하다.

"그럼 그곳의 위치가 어디냐?"

혼제는 금붕어처럼 입을 벙긋거렸다.

하지만 녀석이 말하는 장소는 무성으로서도 전혀 생각지도
못한 장소였다.

"동……정호."

"……!"

*   *   *

깊디깊은 황궁의 지하 감옥.

문선은 벽에 등을 기대면서 대모를 바라보았다.

좀이 쑤셔서 죽을 것 같은 자신과 다르게 그녀는 이곳에 들어온 내내 가만히 눈을 감고 명상을 하고 있었다. 한 달 넘게 있으면서 입 한 번 연 적이 없다.

문선은 제대로 씻질 못해 추레한 몰골이지만, 그래도 두 눈은 심유했다.

"어째서 우리를 살려 두는 것이라 생각하나?"

대모의 대답을 바라지는 않는다. 그저 의문을 풀고 싶어 스스로에게 질문을 던졌다.

사실 도무지 이해가 가지 않을 일이다.

무성은 심문하려는 것처럼 굴면서도 따로 손을 대지 않았다. 자신들에게 아주 깊은 원한을 지니고 있을 텐데도 불구하고.

죽이지도 않았다.

잊어버린 듯, 아예 방치를 해 버린다.

내공에 금제를 가하고 운신의 폭을 좁히기 위해 만년한철로 만든 쇠사슬로 사지를 구속했다지만, 과연 이 정도로 마음이나 놓을 수 있을까.

무성, 그 역시 신화를 체험해 봤다면, '신'이라는 단어가 가지는 의미를 잘 알 것이다.

속세의 것으로는 절대 압박이 불가능하다.

내공의 금제? 시간은 걸릴지라도 언젠가는 충분히 풀 수 있다.

신체의 구속? 하면 뭘 할 것인가. 내공만 되돌린다면 이까짓 것 종잇장만도 못 할 것인데.

지금도 이미 어느 정도 내공이 돌아오는 중이다.

영혼과 육체 간의 경계가 아주 얇기 때문에, 무한정으로 무량(無量)에 잠기면 얼마든지 탈피가 가능하다.

무성 역시 이러한 사실을 모를 리가 없었을 터.

그런데도 이리 내버려 둔다는 것은,

"미끼."

대모는 조금씩 눈을 뜨며 아주 차갑게 대꾸했다.

문선이 히죽 웃는다.

"허허허허. 드디어 우리 아가씨께서 눈을 뜨셨구만."

대모는 그의 웃음을 의도적으로 무시했다.

"화도의 아들은, 우리를 미끼로 성황을 불러내려 하고 있어."

"우리가 여기에 갇혀 있으면 언제고 찾아올 것이다? 하지만 그 전에 우리가 탈옥을 해 버리면 어쩌려고?"

"그래도 별반 상관없을 테지. 우리가 남긴 흔적을 쫓아올 테니까."

"이러나저러나 그로서는 나쁠 것이 없다?"

"그래."

문선의 미소가 대번 싸늘해진다.

"사신이 언제 이렇게 무시를 당하고 살았는지 이제는 기억도 가물가물하구만."

"화도의 아들은 충분히 그럴 자격이 있으니까."

"자격이라, 자격이라! 그래. 충분하지. 충분하고말고!"

문선은 피식 웃고 말았다.

문무겸비라는 말은 무성에게 어울리는 것이리라.

별다른 피해 없이 황도를 장악하는 계략이며 사신을 갈라 놓는 수완, 그리고 진성황과 겨루어도 뒤지지 않을 신위까지.

어린 시절부터 천재라 불렸던 자신들도 그 나이 때에 한참 수련에 열중이었던 걸 감안한다면, 너무나 놀라울 일일 따름이다.

'마치……'

문선은 머릿속에 떠오른 걸 입으로 옮겼다.

"그래. 마치 성황과 학적, 두 사람을 하나로 합쳐 놓은 것 같은 인상이었지 아마?"

"부모는 진가를, 스승은 학적을 두었으니."

"허허허허허! 결국 우리가 자진해서 만들어 낸 괴물이란 뜻이 아닌가!"

문선의 웃음이 쩌렁쩌렁하게 울려 퍼진다. 그는 무엇이 그리도 재미난지 한참이나 웃다가 뚝 그치며 대모를 다시 노려보았다.

"그런데 너는 별로 신경 쓰지 않는 눈치로군."

"성황은 일단 살았으니까."

"그것만이 끝은 아닌 듯한데?"

"운명이 그러한가, 진가의 업은 끊어지지 않았어."

"그게 무슨…… 아니군. 맞는 말이야."

진성황은 자신의 후예로 무성을 점찍었다.

따지고 보면 그 소망은 이미 이룬 것이기도 하다.

모신 황제는 다르지만, 무성은 자신이 따르던 기왕을 황위에 앉혔다. 그리고 그의 옆을 지키겠다고 맹세했다.

대대로 황실을 지켜야 한다는 진가의 업은, 황룡의 맹세는 무성에게로 계속 이어지는 셈이다.

"인과율은 결국 인과율이란 셈인가. 제길! 빌어먹을 하늘 같으니라고!"

천장을 보며 중얼거리는 문선의 혼잣말에, 이번에는 대모가 처음으로 놀랐다.

언제나 천기를 바라보면서 그 뒤를 좇기만 하던 신실한 사람이 이제는 하늘의 의도를 정면에서 반발하고 나섰으니.

하지만 한편으로는 이해가 간다.

"그럼 그 빌어먹을 인과율에 따르면 놈들은……."

대모는 묵묵히 고개를 끄덕였다.

"지금쯤 도착했겠지."

"그럼……!"

"어쩌면…… 그를 만날지도 모르는 일이고."

대답을 하는 대모의 목소리에는 어딘지 모르게 쓸쓸함이 감돌았다.

*　　*　　*

모든 걸 토설하고 난 뒤, 혼제는 스스로 혀를 길게 빼물며 자진했다. 의형제들이 모두 죽고 세력도 와해된 마당에 살아 있을 이유가 없다고 느낀 것이리라.

덕분에 무신련은 아주 간단하게 언사를 통과, 드디어 고대하던 낙양에 도착할 수 있었다.

"오오오."

"드디어……!"

"돌아왔다."

무사들은 저 멀리 보이는 성을 보면서 감격에 젖었다.

이 년 전까지만 하더라도 자신들이 머물던 터전이다.

강북을 오시하고 천하 위에 군림하던 곳이 추억이란 책자를 찢고 다시 이 자리에 나타난다.

성벽은 다른 어느 때보다 높게만 느껴진다.

탄탄한 철옹성이며 전각군은 과거 황룡각의 낙양 포위 때 무너진 것들이 모두 복구되는 것으로도 모자라 날이 잔뜩 선 느낌이었다.

곧 그동안 성을 대신 지키고 있었던 육성방의 깃발이 바닥으로 내려가고, 정문이 활짝 열린다.

남은 육성방의 가솔들이 두려움에 떠는 얼굴로 천천히 걸어 나온다.

혼제의 아들로 보이는 청년은 가솔들을 이끄는 내내 두려움에 위엄을 잃지 않으려 발걸음에 각별히 유의하는 듯했다.

그는 품에 안은 신표를 절대 내려놓지 않겠다는 듯이 꼭 품고 있다가, 막상 무성을 앞에 둘 만큼 가까워졌을 때에는 한쪽 무릎을 꿇고 공손히 바쳤다.

"청옥검이라는 것입니다. 과거 선친께서 대영반의 명을 받아 강호로 나오실 때에 하사받으신 것이라 들었습니다. 이것을 바칠 테니 부디 아량으로 저희 가솔들을 지켜 주십시오."

녀석에게는 아버지와 의숙들을, 동료들을 잃게 만든 작자들이다. 그를 둘러싸고 있는 모든 세상을 송두리째 앗아가 버린 원수들이다.

그런데도 속내를 내비치지 않고 가솔들을 살리려 이런 결단을 내린 것은 대단한 일이다.

무성은 손수 녀석을 일으켜 세웠다.

"일어나라. 이미 네 가족과 식솔들에 대한 안전은 네 아비에게서 당부를 들었고, 그러겠노라 말하였다."

"……감사합니다."

무성은 청옥검을 받아 시종처럼 따라다니던 혁만과 도강에게 넘기고 성을 올려다보았다.

"그럼 모두 집으로 돌아가도록 합시다."

무신련은 이 년 만에 집으로 돌아가 회포를 풀었다.

거기다 용권상회에서도 발맞춰 곡식과 고기 등을 가득 쌓은 수레 행렬을 끌고 나타나니, 무사들의 입은 귓가에 걸릴 정도였다.

모두들 마당으로 나와서 술을 마시며 어울려 놀고, 달을 보며 노래를 불러 댄다.

간독은 시끌벅적하기 짝이 없는 사람들을 보면서 혀를 끌끌 찼다.

"저렇게들 요란스러워서야."

그러다 무성도 살짝 노려본다.

"너도 마시냐?"

무성은 슬그머니 손에 든 호리병을 등 뒤로 숨겼다.

"어쩌다 보니."

"술맛도 모르는 애송이가 이제는 나발이라니. 세상이 말세다, 말세."

간독은 고개를 흔들다가 고개를 살짝 들었다.

"그래서? 언제 출발할 거냐."

"오늘 출발해야지."

"뭘 그렇게 서둘러? 회포라도 좀 풀고 가지."

"빨리 끝내야 할 것 같아서. 사람들이 준비를 마치기 전에 나도 끝내려고."

"조용히 다녀오고 싶다?"

"어."

무성이 묵묵히 고개를 끄덕인다.

고향으로 돌아가는 길이다. 웬만하면 시끄럽게 하지 않고 조용히 처리하고 싶었다.

보통 고향이라 하면 추억이 떠올라 그리워야 하건만.

무성에게는 그런 것이 전혀 없었다.

잊고 싶은 기억만이 가득하다.

하지만 그런 곳에 진가가 있다니…….

"유화는? 그 아가씨도 너랑 동향이라며?"

"물어봤는데, 아직은 가지 않겠다더라고. 언니들에게 보여 줄 만큼 완성된 것 같지 않다고. 내가 없는 동안 장로님들과 함께 성을 맡아 주기로 했으니 걱정은 없을 것 같아."

간독이 인상을 잔뜩 구긴다.

"뭐야? 그럼 이번에도 우리 둘이냐?"

무성도 심드렁했다.

"누구는 시켜먼 남자랑 가고 싶은 줄 알아?"

*　　*　　*

무성과 간독은 낙양을 나와 곧장 남쪽으로 향했다.

그들이 부재중일 동안 무신련은 다시 터전을 일구고 강호
정벌을 위한 준비를 할 터였다.

덕분에 시간은 아직 여유로웠지만, 무성은 하루라도 빨리
동정호에 도착하고 싶었다.

의숙, 한유원이 살아 있을지 모른다는 사실은, 그의 가슴
을 두근거리게 만든다. 설사 한유원이 자신을 배신한 것일지
라 하더라도 상관없다.

그가 자신에게 보여주었던 따스한 눈길과 손길은 절대 거
짓말이 아니었으니까.

아버지.

그래. 한유원은 그에게 아버지 같은 사람이었다.

조금이라도 빨리 만나고 싶었다.

탁!

무성이 처음으로 걸음을 멈춘다.

드넓은 물결이 시야를 따라 한가득 들어온다.

동정호. 자신이 태어난 고향이자, 모든 일이 시작된 곳이며, 귀병가가 탄생한 곳이기도 한 곳.

"거 참, 여기도 오랜만이구만."

간독은 툴툴거리면서도 주변을 둘러보기에 여념이 없다. 그 역시 동정호를 따라 살았던 사람 중 하나이니 감회가 남다를 수밖에 없다.

내륙에서 가장 큰 호수.

물결은 바다처럼 끝을 모르고 이어진다.

"그런데…… 니미, 여기서 뭘 어떻게 찾으란 거야?"

"글쎄."

간독이 투덜거리자, 무성이 쓰게 웃는다. 그 역시 어떻게 해야 할지 도무지 종잡을 수가 없었다.

"야, 너 좀 세졌잖아. 그런 거 안 되냐? 기를 동정호 전체에다 고루 뿌린다던가, 기감을 확 넓혀서 동정호 전체를 샅샅이 살핀다던가."

"……내가 괴물이냐?"

"니미! 그것도 안 되면 여태 뭘 했던 거냐!"

무성은 기도 차지 않는다는 얼굴로 간독을 노려봤지만, 문득 떠오르는 것이 있었다.

'기?'

혹시 할 수 있지 않을까 싶다.

"잠시만 물러나 봐."

간독은 '거 봐라, 내 말이 맞지 않느냐'는 표정으로 거들먹
거리면서 물러섰다.

무성은 그걸 무시하고 영통안을 활짝 열었다.

시야 안쪽으로 세상이 물러나고, 그 너머에 있는 세상이 나
타난다. 삼라만상의 물결을 따라 진한 결이 동정호 한가운데
로 떨어지고 있었다. 마치 물고기를 낚으려는 찌처럼.

혼명이다.

혼명이 진가에서 나온 것이라면, 혹시 그 흔적을 쫓으면 되
지 않을까 싶었는데 맞았다.

"찾았어."

"어딘데?"

"먼저 갈 테니까 알아서 따라와."

"무슨 소……! 야! 얌마!"

간독의 당황을 뒤로하고 무성은 거리낌 없이 동정호 위로
몸을 던졌다.

촤촤촤촤—촤!

마치 얼음 위를 미끄러지는 것처럼 아주 능숙하게 동정호

위를 내달린다. 경지에 이른 등평도수다.

간독은 물가에서 그걸 멍하니 바라보며 고래고래 소리를 질렀다.

"니미! 내가 너처럼 무슨 갈치라도 되는 줄 아냐고, 이 새끼야!"

'의숙이 있어, 의숙이!'

무성은 조바심이 들었다. 간독을 기다려 줄 수도 있었지만 마음이 조급했다.

조금이라도 빨리 한유원을 만나고 싶었다.

그를 앞에 두고 많은 이야기를 듣고 싶었다.

대체 천옥원에서 어떻게 된 건지. 왜 귀병가로 돌아오지 않고 진성황에게로 간 건지.

아니, 그런 건 아무래도 좋다.

그냥 보고 싶었다.

그의 따스한 눈길이, 손길이, 말투가 그리웠다.

저 멀리 일결이 한쪽 섬으로 떨어졌다.

온통 안개로 둘러싸여 안쪽이 잘 보이지 않는 섬.

그것이 기관진식이란 걸 알아보고 아무런 망설임 없이 양손을 앞으로 뻗어 좌우로 젖힌다. 그러자 거짓말처럼 안개가 확하고 흩어지면서 속에 숨어 있는 섬을 고스란히 드러낸다.

아주 자그마한 섬. 초라한 초갓집 하나가 보인다.

물가에 누군가가 나와 있다가 이쪽을 보고 화들짝 놀라는
게 보인다.

무성은 혹시 그가 한유원인가 싶어 수면을 아주 세게 박찼
다.

파아아앙!

몸이 단숨에 허공을 질주하며 곧 물가에 착지한다.

그리고 고개를 들어 상대를 확인한다.

하지만 상대는 한유원이 아니었다. 다리가 없는 그와 다르
게 이 사람은 두 다리로 강가를 산책하고 있었다.

상대를 보는 내내, 눈길이 떨어지질 않는다. 쉴 새 없이 흔
들리기만 한다. 그건 사내 역시 마찬가지인지 충격에 젖은 얼
굴로 무성을 응시하기 바빴다.

영문 모를 이유로 두 사람 사이에 적막이 흐를 때, 저 멀리
서 간독이 나룻배에 올라타 노를 저으며 이쪽으로 오고 있었
다.

"개새끼야! 거기서 혼자 가면 어쩔⋯⋯! 무, 뭐야, 이 분위기
는?"

간독은 물가에 도착하자마자 무성에게 삿대질을 하면서
한바탕 따지려 들다가, 무성의 표정이 좋질 않자 걸음을 툭
멈췄다.

그러다 무성과 대치한 사람을 보고 놀란 얼굴이 된다.

이런 초라한 섬에 사람이 살고 있는 것도 놀랍거니와, 무엇보다,

'닮았어! 이 건방진 애송이랑!'

아니, 닮다 못해 너무 쏙 빼닮았다.

마치 무성이 세월을 먹어 중년인이 된 모습을 보는 것 같다.

"이 사람…… 누구냐?"

간독의 물음에 무성은 차가운 얼굴로 대답했다.

"내 아버지."

〈다음 권에 계속〉

사도연 신무협 장편소설

ORIENTAL FANTASY STORY & ADVENTURE

용을 삼킨 검

네이버 N스토어 에서 미리 만나보세요

dream
books
드림북스